SECOND
DISCOURS
SUR LES *AVANTAGES*
DES SCIENCES
ET DES ARTS;

Par M. B*** *de l'Académie des*
Sciences & Belles-Lettres de Lyon.

A AVIGNON,

Chez FRANÇOIS GIRARD.

Et se vend à Paris ,

Chez PISSOT, Quay de Conty, à la
Croix d'Or , à la Descente du Pont-
Neuf.

M. DCC. LIII.

SECOND
DISCOURS
SUR
LES AVANTAGES
DES SCIENCES
ET DES ARTS.

E N'AVOIS regardé le premier Discours de M. Rousseau, que comme un paradoxe ingénieux, & c'est sur ce ton que j'avois répondu. Sa dernière réponse nous a dévoilé un système décidé, qui m'a engagé dans un examen plus réfléchi de cette grande question, de l'influence des Sciences & des Arts sur les mœurs. L'importance de la matière, des détails plus aprofondis, quelques vues nouvelles

que je crois avoir découvertes, m'ex-
cuferont d'avoir traité un fujet déja
fi rebattu : il s'agit ici tout à la fois
de la Vertu & du Bonheur, les deux
points principaux de notre être ; que
ne doit - on pas entreprendre pour
achever de diffiper les nuages, qui
obfcurciffent encore la plus utile
vérité ?

JE commence par examiner les
effets de l'ignorance dans tous les
temps : je fais voir qu'elle n'a jamais
produit ni dû produire cette pureté
de mœurs fi exaggérée & fi vantée,
& dont on fait un argument fi puiffant contre les Sciences : je lui oppofe enfuite les vices & la barbarie
des Peuples ignorans qui exiftent de
nos jours : de-là je paffe à l'examen
de ce que l'on doit entendre par ces
mots, *Vertu* & *Corruption* ; & je
finis par confidérer quels font leurs
raports avec les Arts & les Sciences,
que je juftifie contre tous les nouveaux reproches qu'on a ofé leur
faire : j'attaque fucceffivement toutes les preuves de mon adverfaire
à mefure qu'elles fe rencontrent fur

ma route, dans le plan que je me
fuis tracé, & je n'en laiffe abfolument aucune fans réponfe.

JE parcours d'abord les traditions
des premiers fiécles du monde ; ici
je vois les hommes repréfentés comme d'heureux bergers gardant leurs
troupeaux au fein d'une paix profonde, & chantant leurs amours
dans des prairies émaillées de fleurs ;
là ce font des manières de monftres
difputant les forêts & les cavernes
aux animaux les plus fauvages ; d'un
côté je trouve les fictions des Poëtes, de l'autre les conjectures des
Philofophes : qui croirai-je, de l'imagination ou de la raifon ?

QUELLE pouvoit être la vertu chez
des hommes qui n'en avoient pas même l'idée, & qui manquoient de termes pour fe la communiquer ? ou fi
leur innocence étoit un don de la
nature, pourquoi nos enfans en font-
ils privés ? Pourquoi leurs paffions
précédent-elles de fi loin la raifon,
& leur enfeignent-elles le vice fi
naturellement, tandis qu'il faut tant

d'art & de culture pour faire germer la vertu dans leurs ames ?

P. 86. de la Réponse de M. ROusseau, à Genéve, chez Barillot & Fils.

CET âge d'or dont on fait un point de foi, que l'on nous reproche si amérement de ne pas croire, étoit donc un temps de prodiges ; il ne manquoit plus que de couvrir la terre de moissons & de fruits, sans que les hommes s'en mêlassent, & de faire couler des ruisseaux de miel & de lait : le miracle du bonheur des premiers hommes est aussi croyable que celui de leurs vertus.

MAIS comment des traditions aussi absurdes avoient-elles pu acquerir quelque crédit ? elles flattoient la vanité, elles étoient propres à exciter l'émulation : les traditions les plus sacrées de l'ignorance étoient-elles plus raisonnables ? Qu'on en juge par l'histoire de ses Dieux, l'objet du culte de tant de siécles & du mépris de tous les autres.

D'AILLEURS le préjugé de la dégradation perpétuelle de l'espèce humaine devoit être alors dans toute sa

force ; rien n'étoit écrit, les connoiffances n'étoient que traditionelles ,
on manquoit d'objets de comparaifon pour s'inftruire , les livres n'en-
feignoient point à juger les hommes
par les hommes , un peuple par un
autre peuple , un fiécle par un autre fiécle : quelle devoit être alors
la fouveraineté d'une génération fur
l'autre , de celle qui donnoit tout ,
fur celle qui recevoit tout ? & dans
quelle progreffion le culte de la poftérité devoit-il s'augmenter à mefure
de l'éloignement ? on appella des
Dieux ceux que dans d'autres fiécles
ont eût à peine appellés des hommes :
les temps héroïques ont été depuis
plus juftement nommés les temps
fabuleux.

ON demande quels pouvoient être *p. 86.*
les vices & les crimes des hommes
avant que ces noms affreux de *tien*
& de *mien* fuffent inventés ; je demanderois plutôt quelle pouvoit être la
fureté de la vie & des biens avant l'e-
xiftence de ces noms facrés ? car j'appelle facré ce qui eft la bafe de la foi &
de la paix de la Société , le principe

de l'induſtrie & de l'émulation : tous les droits étant égaux , les concurrences devoient être ſans fin : lorſque la Loi du plus fort étoit la ſeule , & avant qu'il y en eût d'autres pour fixer les propriétés acquiſes par le travail & l'induſtrie , & néceſſaires à chacun pour ſa ſubſiſtance , le droit de premier occupant & celui de bienſéance devoient être dans une guerre perpétuelle : la force & la crainte décidoient tout : un meilleur terrein , une expoſition plus agréable , une femme , armoient ſans ceſſe de nouveaux prétendans : l'habitant de la montagne aride , le poſſeſſeur des vallées fertiles étoient ennemis nés : le détail des ſujets de diviſions ne finiroit pas : les paſſions n'avoient qu'un petit nombre d'objets & n'en avoient que plus de vivacité : la pauvreté & le beſoin deſirent plus fortement que la cupidité & l'abondance : jamais un boiſſeau d'or n'a pu exciter autant de deſirs qu'un boiſſeau de glands en de certaines circonſtances.

QUELLE que fût l'autorité paternelle

& celle de la vieilleſſe , ces liens
d'une dépendance volontaire dûrent
bientôt s'affoiblir en s'étendant &
en ſe multipliant ; il ne fallut qu'un
ſeul homme plus robuſte ou d'une
imagination plus forte pour détruire
cette félicité fragile ; les premières
hiſtoires parlent ſans ceſſe de Géants
qui n'avoient point d'autre profeſſion
que le brigandage ; dans cette égalité
& cette liberté ſauvage où tous ſont
contre un & un ſeul contre tous , les
contre-coups d'une première violence ont dû ſe multiplier à l'infini ;
plus vous ſuppoſez l'homme indépendant & iſolé , plus vous livrez le
foible au fort , & le vertueux au
méchant.

L'EXPÉRIENCE confirme ces conjectures : ſi ce premier état eût été
celui de la vertu & du bonheur ,
comment eût-il changé ? S'il n'y avoit
ni fraudes ni violences , d'où naquit
l'idée des Loix & des Murailles ?
Si les hommes ont été libres &
égaux , comment ont-ils ceſſé de
l'être ? La violence ſeule a pu chan-
ger leur condition , ou en les aſſu-

jettiſſant , ou en les mettant dans la néceſſité de ſe réunir ſous des chefs pour lui réſiſter : s'il y a eu un âge d'or , c'eſt un beau ſonge qui a duré bien peu d'inſtans , & qui ne devoit pas durer davantage : en quelque état que l'on ſuppoſe les hommes , jamais les mœurs n'ont pu leur tenir lieu de Loix : c'eſt une folie de prétendre qu'elles puiſſent jamais être aſſez pures pour aſſoupir toutes les paſ-ſions , ou aſſez puiſſantes pour les ſoumettre : j'ajouterai que mon opi-nion a pour elle l'autorité du monu-ment hiſtorique le plus ancien & le plus reſpectable , quand même il ne ſeroit pas divin. (*)

(*) On m'accuſe d'avoir avancé , que les hommes ſont mé-chans par leur nature , ce que je n'ai jamais penſé , & ce que je ne crois pas avoir dit ; j'ai ſuppoſé ſeulement qu'ils étoient ſujets à des paſſions , & que ces paſſions devoient produire de grands deſ-ordres , lorſqu'il n'y avoit point de Loix pour leur impoſer un frein : mon adverſaire penſe bien différem-ment;toute ſociété,tout Gouvernement lui pa-roît une ſource de vi-ces ; la propriété des héritages eſt qualifiée d'*affreuſe* ; la diſtinc-tion des Maîtres & des Eſclaves ne produit ſe-lon lui que des hom-mes *cruels & brutaux*, *fripons & menteurs* ; l'inégalité des biens forme *des hommes* *abominables* , *une dé-pendance mutuelle nous*

p. 85.

P.

LES HOMMES s'inftruifirent par leurs malheurs. Des miféres de l'é-galité & de l'indépendance naquirent la fubordination politique & la puif-fance civile : ici l'hiftoire commence à mériter quelque confiance ; elle eft fondée fur quelques faits ; mais, je le répéte encore, on ne peut trop fe défier de nos préjugés éternels en faveur de l'antiquité : à peine avons-nous commencé à en fecouer le joug dans ce fiécle, le premier qui foit un peu digne du nom de Philofophe.

JE ne fais point ufage des Tradi-tions vagues qui nous font reftées fur quelques Peuples de l'antiquité : il eft aifé de donner de grandes idées d'une Nation, lorfqu'on ne fait que citer quelques-unes de fes Loix : c'eft

force tous à devenir fourbes, jaloux & traî-tres : mais s'il n'a ja-mais été de fociété, & s'il n'en peut jamais être, fans ces diftinc-tions & cette dépen-dance, caufe nécef-faire de tant de crimes, il me refte à lui de-mander où eft la ver-tu ? combattroit-il pour une Dame ima-ginaire ? n'auroit-elle exifté que dans cet âge d'or, qui lui infpire une Foi fi vive, ou par-mi les Peuples de la Nigritie pour lefquels il paroît reffentir la plus tendre prédilec-tion ?

par ses actions seules qu'on peut la connoître : tous ces éloges de la vertu des anciens Crétois , de l'innocence des Scythes & des Perses sont sans preuves dès qu'ils sont sans faits ; écrits à une longue distance de temps & de lieux , on y trouve les jugemens de l'ignorance ornés par l'imagination : cette pureté sans mêlange dans de grands Peuples est faite pour être admirée , & non pour être crue ; on n'y reconnoît point la nature humaine ; ce sont des Romans de vertu qui peuvent servir à l'édification des foibles, mais qui ne sçauroient instruire les sages.

Les Peuples les plus illustres parmi les Anciens , ont été les Grecs & les Romains ; ce sont eux aussi dont l'histoire nous a conservé les plus grands détails ; on prétend qu'ils furent d'abord ignorans & vertueux, & c'est leur exemple que l'on oppose principalement à nos mœurs actuelles : cependant dès les premiers temps où l'histoire commence à se mêler avec la fable , lorsque la précieuse ignorance des Grecs étoit encore dans toute fa pureté, nous ne trouvons que meurtres & violences : les Héros étoient des Chevaliers errans, qui n'étoient occupés qu'à maffacrer des Brigands publics, à châtier des Peuples féditieux, à détrôner des Tyrans : chemin-faifant ces demi-Dieux eux-mêmes ufurpoient les Couronnes, tuoient tout ce qui ofoit leur réfifter, fans autre droit que celui du plus fort, enlevoient les Femmes & les Filles, & rempliffoient le monde d'une poftérité fort équivoque : la force du corps faifoit alors tout le mérite des Hommes, & la violence toutes leurs mœurs ; les Héros du fiége de Troie vivoient durement, ne fçavoient pas un mot de Philofophie, & n'en étoient pas meilleurs : les Poëmes d'Homère font trop connus pour que je doive entrer dans des détails ; qu'on juge des mœurs de ces Peuples par leur Religion : quelles vertus auroit-on pu en attendre ? Ils s'étoient fait des Dieux pour tous les vices : la Religion, il eft vrai, pouvoit beaucoup fur leurs efprits : les Barbares qu'ils étoient, lui facrifioient jufqu'à leurs enfans.

LES Villes & les Républiques flot-
tèrent long temps entre l'Anarchie
& la Tyrannie , entre les crimes de
tous , & les crimes d'un feul : enfin
Lycurgue & Dracon furent les Ré-
formateurs de Sparte & d'Athènes
qui devinrent les plus célébres Villes
du monde : la rigueur de leurs Loix
eft une nouvelle preuve des malheurs
qui les avoient précédées ; jamais
ces Peuples ne s'y feroient foumis ,
fi leurs misères ne les y avoient pré-
parés & forcés : l'ignorance alors
diminua , & les vertus fe perfectionn-
nèrent ; fans ces deux Philofophes ,
qui fans doute n'étoient pas des
ignorans , les mœurs de ces deux
Républiques auroient vraifemblable-
ment empiré toujours de plus en plus,
car la corruption dans l'ignorance ne
connoît ni limites ni remédes : elle
eft de tous les maux le plus incurable. *

(*) J'avois dit que
les mœurs & les Loix
étoient la feule fource
du véritable héroïfme :
on répond ; *les Sciences*
n'y ont donc que faire :
p. 89. mais toutes les Loix
de la Gréce , qui eft le
Peuple dont il s'agit
ici , lui furent don-
nées par des Sçavans &
des Sages ; la Science
qui produifit ces Loix,
ne peut-elle pas être

L'IRRUPTION de la Perſe fit des Grecs un Peuple nouveau : les paſſions particulières ſe réunirent contre le danger commun : tout fut Héros appellée la ſource primitive de l'héroïſme des Grecs ?

On m'impute d'avoir dit que *les premiers Grecs étoient éclairés & ſçavans, puiſque des Philoſophes formèrent leurs mœurs & leur donnèrent des Loix*, & on ne manque pas de m'imputer toutes les conſéquences ridicules qu'il eſt poſſible de tirer de cette propoſition : mais comme je ne l'ai point apperçue dans tout mon Diſcours, quoique je l'ai cherchée ſoigneuſement, je me crois diſpenſé de répondre juſqu'à ce qu'on me l'ait montrée.

J'ai placé Ariſtide & Socrate à côté de Miltiade & de Thémiſtocle : on répond ; *à côté ſi l'on veut, car que m'importe ?* Cependant *Miltiade, Ariſtide, Thémiſtocle, qui étoient des Héros, vivoient dans un temps, Socrate & Platon qui* étoient *des Philoſophes, vivoient dans un autre.*

J'avoue que j'aurois pu dater les Olympiades où ces grands hommes ont commencé & fini d'exiſter, & prévenir par-là les petits ſcrupules chronologiques dont quelques Lecteurs pourroient être tourmentés ; mais n'étant queſtion dans le paſſage dont il s'agit, que de faire un tableau général de la gloire d'Athènes, j'avois cru que cette mince érudition y auroit été déplacée; j'ai placé Socrate à côté d'Ariſtide, comme on auroit pu faire dans une galerie de portraits où l'on auroit raſſemblé tous ceux des hommes illuſtres d'Athènes ; il eſt très-vrai qu'en ce cas, les portraits d'Ariſtide & de Socrate ſe feroient trouvés à côté l'un de l'autre ; tout-au plus auroit-on placé entr'eux celui de Cimon.

& Citoyen : il n'y eut plus que des vertus , on n'eut pas le loifir d'avoir des vices : un fuccès inouï produifit une confiance qui ne l'étoit pas moins : c'étoit une yvreffe héroïque : les Grecs fe crurent invincibles , & ils le furent : ces vertus de paffage nées du danger , s'évanouïrent avec lui : la profpérité , comm'il arrive toujours , détendit ce puiffant reffort qui avoit remué toutes les ames : on voulut fe repofer dans la gloire : auffi-tôt chacun retourna à fes paffions enflammées par le bonheur : l'orgueil d'Athènes , la dureté de Sparte , la jaloufie & l'ambition de toutes deux , allumèrent une guerre fanglante , & également honteufe aux deux Peuples.

DANS les plus beaux jours d'A-thènes , on eft bien éloigné de trouver cette pureté de mœurs que le préjugé veut lui prêter ; ce Peuple étoit dès-lors vain , préfomptueux, léger , inconftant , divifé en autant de factions, qu'il y avoit de Citoyens qui cherchoient à s'élever ; la République portoit déja dans fon fein

les

les vices que la prospérité ne fit que développer dans la suite.

Il n'y avoit que la corruption du plus grand nombre des Citoyens, qui eût pu faire supporter la tyrannie de Pisistrate & de ses fils : Thémistocle étoit ardent, jaloux, ennemi né de tout Citoyen vertueux ; son faste & son ambition pilloient & déchiroient la Patrie sauvée par son courage : Aristide étant employé au maniement des deniers publics, n'étoit environné que de collégues infidéles ; Thémistocle lui-même enrichi à force de rapines poussa la scélératesse au point de l'accuser de malversation, & parvint à faire condamner à force de brigues & de cabales le plus honnête homme de la République. Le même Aristide fut banni ensuite par un Peuple las de l'entendre appeller le Juste : il méritoit en effet ce titre par ses vertus privées, quoiqu'il ne portât pas le même scrupule dans les affaires publiques, & qu'il ne craignît pas de faire passer un décret, en disant, *il n'est pas juste, mais il est utile.* Les Héros de Marathon &

de Platée redevenoient des hommes à Athènes : toutes les voies de la séduction étoient employées par ceux qui vouloient gouverner ; il falloit plaire au Peuple, & on ne lui plaisoit qu'en le corrompant. Quels vices ne doivent pas naître dans une multitude victorieuse, souveraine, & toujours flattée ? Tous les extrêmes se rapprochent dans la Démocratie : un Peuple Roi peut avoir des accès d'héroïsme, mais c'est par sa nature un terrible monstre.

SPARTE, ce grand boulevard de nos adverfaires, dont ils prétendent nous faire tant de peur, a fait l'admiration de la politique, mais elle n'a jamais eu l'approbation de la morale ; Platon, Ariftote, & Polibe ont reproché à Lycurgue que fes Loix étoient plus propres à rendre les hommes vaillans, qu'à les rendre justes. La politique des Lacédémoniens dans la guerre du Péloponnèfe fut tour-à-tour lâche & cruelle ; ils recherchèrent baffement l'alliance de la Perfe ; vils courtifans des Satrapes d'Afie, ils maffacroient fans pitié

les prisonniers Grecs , & finirent par
en égorger trois mille après la bataille
d'Ægos-Potamos , au moment même
où Athènes périssoit & n'avoit plus
de défense contr'eux. Les Spartiates
ont eu peu de vices , mais ils manquoient de beaucoup de vertus ; ils
devoient être & ils étoient en effet
les meilleurs soldats de la Gréce ,
mais ils n'étoient que des soldats.
Pour éviter une extrémité , ils n'a-
voient trouvé de secret que de se
précipiter dans l'autre : ils se garan-
tissoient de la volupté par la malpro-
preté , du luxe par la misère , de l'in-
tempérance par une austérité féroce.

Le crime de l'incontinence n'étoit
pas connu à Sparte , mais on avoit
le droit d'enlever la fille que l'on ai-
moit ; on empruntoit la femme dont
on avoit envie , & les Dames de La-
cédémone employoient leurs esclaves pour faire des sujets à la République , lorsque leurs maris étoient
trop long-temps à la guerre : on avoit
prévenu les fureurs de la jalousie en
permettant l'adultère ; l'honnêteté &
la pudeur ne pouvoient jamais être

violées, puifqu'on les avoit bannies ;
l'habillement des femmes laiſſoit voir
leurs cuiſſes découvertes ; elles étoient
obligées de danſer & de lutter toutes nues , avec les jeunes gens auſſi
tout nus dans les Fêtes publiques :
avec de pareils ſpectacles on conçoit
ſans peine que Sparte a dû mépriſer
ceux d'Euripide & de Sophocle ; l'a-
mitié même des jeunes gens entre
eux étoit ſi finguliérement favoriſée
par les loix , qu'on n'imagine point
qu'elle pût ſe conſerver innocente :
Xénophon convient de la mauvaiſe
idée qu'on en avoit , & n'oſe en entreprendre la juſtification.

Les enfans d'une conſtitution foible & délicate , étoient précipités
par des Barbares qui ne voyoient
dans l'homme que le corps , & qui
plaçoient toute leur ame dans leurs
bras : ce Légiſlateur qui partagea les
biens avec une ſi ſcrupuleuſe égalité,
par un contraſte monſtrueux , établit
entre les hommes même la plus barbare inégalité qui fût jamais ; ſon
Peuple fut diviſé en maîtres & en
eſclaves ; il impoſa aux premiers

pour diſtinction , une oiſiveté inviolable , & ne leur permit aucun autre Art que celui de verſer le ſang
de leurs ennemis ; les autres dégra-
dés de leur être furent livrés à tous
les caprices d'inhumanité de ceux
que la nature avoit fait leurs égaux ,
mais que la Loi rendoit maîtres de
leur vie,

ENFIN Lycurgue avoit eu tant
d'attention à prévenir toute eſpèce
de cupidité , qu'ayant banni l'or &
l'argent & tous les meubles de prix ,
il autoriſa le vol des alimens , les
ſeules choſes volables qui reſtaſſent
dans ſa ville. Ce Peuple conſerva
fidélement ſes Loix pendant une longue ſuite d'années : je demanderois
volontiers , que pouvoit-il faire de
mieux ? elles avoient calmé habile-
ment toutes les paſſions , mais c'é-
toit en les ſatisfaiſant , & détruit la
plûpart des vices , en leur donnant
ſimplement le nom de Vertus : ceux
même auxquels notre miſérable corruption n'a pu atteindre , & dont elle
a la foibleſſe d'avoir horreur, étoient
impoſés comme des devoirs d'habi-

tude : telles font les mœurs qui excitent l'admiration & les regrets de nos adverſaires ; telles font les armes avec leſquelles ils croient nous terraſſer. (*)

Si nous conſidérons Rome à ſa fondation, elle ne fut d'abord compoſée que de brigands qui n'étoient pourtant ni Artiſtes ni Philoſophes ;

(*) J'ai dit que ſi tous les états de la Gréce avoient ſuivi les mêmes Loix que Sparte, le fruit des talens & des travaux de ſes grands hommes, & l'exemple & l'émulation de leurs vertus, euſſent été perdus pour la poſtérité, & qu'enfin le monde ſans le ſecours des Arts & des Sciences, ſeroit demeuré dans une enfance éternelle.

Un raiſonnement ſi évident ne pouvoit être réfuté ; on a voulu le rendre ridicule : on a ſuppoſé pour cela que dans mes principes, *la Vertu n'étoit bonne* P. 99. *qu'à faire du bruit dans le monde, qu'il ne ſerviroit de rien d'être gens de bien ſi* perſonne n'en parloit après que nous ne ſerons plus, & qu'enfin ſi l'on ne célébroit les grands hommes, il ſeroit inutile de l'être.

Oui, il ſeroit inutile à la poſtérité que de grandes vertus euſſent exiſté, ſi le ſouvenir n'en eût été conſervé juſqu'à elle ; c'eſt ce que j'ai dit & ce que je perſiſte à dire ; mais que la vertu ſoit inutile à ceux mêmes qui la pratiquent, ſi elle ne fait du bruit & ſi elle n'eſt célébrée, c'eſt ce que je n'ai jamais ni penſé ni dit, & c'eſt pourtant ce qu'on me fait dire par la bouche d'un Lacédémonien mal inſtruit de l'état de la queſtion.

fept Rois de fuite leur donnèrent des Loix ; pendant plus de deux fiécles ce Peuple n'eut rien de bien diftingué ; Romulus tua fon frère & fut à fon tour maffacré par le Sénat ; Tarquin l'ancien périt par les coups des fils d'Ancus, fur lefquels il avoit ufurpé la Couronne ; la fille de Servius Tullius, unie à Tarquin par un double adultère & un double affaffinat, fit paffer fon char fur le corps de fon Père égorgé par fes ordres ; on connoît la tyrannie de Tarquin, & le forfait de fon fils : de grands crimes font ce qu'il y a de plus mémorable dans ces premiers fiécles.

Ou étoit donc alors cette pureté de mœurs fi fûrement enfantée par l'ignorance ? Rome irritée chaffa Tarquin : il fallut combattre longtemps, & ce ne fut qu'à force de courage qu'elle vint à bout de fe délivrer d'un Tyran qui l'eût punie par le fer & le feu, s'il eût été vainqueur. L'extrême valeur naquit de l'extrême danger. Les Romains, Peuple jufqu'alors affez commun, devinrent des Héros, parce qu'il

fallut périr ou l'être : Numance &
Sagunte ont eu le malheur de fuc-
comber avec autant d'opiniâtreté &
de courage : le fuccès juftifia & éleva
les Romains : de ces circonftances
fingulières fe forma en eux cet amour
de la Patrie , Fanatifme héroïque
qu'ils ont porté plus loin qu'aucun
autre Peuple du monde , & qui nous
fait tant d'illufion fur leurs autres
qualités.

LES commencemens de la République virent éclater de grandes vertus. Il en eft de même dans la plûpart des Sociétés ; foibles d'abord &
expofées à toute forte de dangers
domeftiques ou extérieurs , elles ont
befoin que les vertus foient des
paffions : une ferveur d'héroïfme
s'empare des efprits : les grands pé-
rils font les grands hommes. Appius
& Tarquin devoient trouver des
Virginius & des Brutus : des crimes
barbares font punis par des vertus
qui leur reffemblent.

DANS ce premier état les hommes
doivent être & font ordinairement

affez vertueux ; les Loix font nouvelles ; l'art de les éluder n'eft pas
encore trouvé ; leur nouveauté attache & échauffe les efprits , par la
nature même de l'efprit de l'homme :
les Romains étoient braves : il falloit
vaincre ou ceffer d'être : ils aimoient
la Patrie ; leur exiftence étoit atta-
chée à la fienne , & elle ne cef-
foit point d'être en danger : ils
étoient fobres ; comment ne l'au-
roient-ils pas été ? ils n'avoient que
leurs beftiaux , leurs grains & leurs
légumes , encore fouvent ravagés
par l'ennemi : on doit aimer beaucoup ces chofes là , lorfqu'on n'a
qu'elles , & que l'on craint fans ceffe
de les perdre : ils confervoient l'é-
galité des biens , c'eft qu'ils étoient
pauvres : les partages ne pouvoient
fouffrir la moindre inégalité , fans
expofer quelqu'un à mourir de faim ;
chacun à peine avoit fa fubfiftance :
un Père de famille mal à fon aife
ne fait point d'héritier.

CEPENDANT au milieu même de
ces circonftances forcées, quels vices
n'apperçoit-on pas dans les mœurs de

ce Peuple fi fingulier ? Que dire des factions éternelles de la place publique ? Comment juftifier la jaloufie envenimée du Sénat & du Peuple, la tyrannie, l'orgueil & les vexations des Patriciens, la cruauté des Créanciers, la dureté des maîtres pour leurs efclaves, la violence prefque toujours néceffaire pour établir les Loix les plus juftes, la féduction employée pour obtenir les fuffrages, l'abus enfin que les Magiftrats faifoient fi fouvent de l'autorité ? Ce n'eft pas un feul Silla que l'on trouve dès ce temps-là ; on en voit dix à la fois dans les Decemvirs : quelle corruption ne doit-il pas y avoir dans une Ville où le choix tombe fur dix Magiftrats auffi déteftables !

LA politique des Romains ne voyoit rien de jufte que ce qui étoit utile : quel art n'employoient-ils pas pour divifer, affoiblir, tromper ou effrayer tous les Peuples, & les détruire les uns par les autres ? quelles chicanes, quelles fubtilités honteufes pour attaquer ou foumettre des Nations qui ne leur avoient donné au-

cun sujet légitime de leur faire la
guerre ? quel poison caché sous ces
beaux noms de Traités & d'Alliances ? quelle insolence & quelle dureté dans la victoire ? Brigands politiques, ils pillèrent l'Univers, les
trésors des vaincus ornoient le spectacle de ces triomphes qui faisoient
gémir l'humanité, invention funeste
par qui toutes les passions étoient
armées pour la destruction des hommes ; ils ne se contentoient pas d'en-
chaîner les Rois & de les traîner à
leurs chars ; contre toute sorte d'humanité & de justice, ils osoient les
condamner à la mort : les Sciences
n'existoient pas encore, Rome ignorante avoit déja commis tous les crimes de la guerre, de la politique,
& de l'ambition.

Je sens à quel point j'offense le
préjugé dans la censure qu'une juste
défense m'a obligé de faire de ces
Peuples célébres : la plûpart des hommes ont la louable foiblesse de croire
à la chimère de la perfection : il n'a
pas tenu aux Poëtes & aux Déclamateurs de Collége que nous ne

cruffions l'avoir trouvée dans les
ruines de ces vieux fiécles embellis
par leur imagination : des ténébres
de l'antiquité fortent quelques rayons
lumineux ; nous les fuivons , nous
les admirons ; plus ils nous éblouif-
fent , moins ils font propres à nous
éclairer fur l'obfcurité des objets qui
les environnent : les Philofophes moraux , les Politiques fpéculatifs ont
encore ajouté à l'illufion , les premiers en cherchant à augmenter l'é-
mulation de la vertu par des exemples miraculeux , les autres en vou-
lant à toute force trouver ou donner des caufes certaines à tous les
effets, pour parvenir à établir fur des
principes fixes une Science qu'ils
croient deftinée à détrôner la fortune. De ce que ces Peuples ont fait
de grandes chofes , on a conclu
qu'ils devoient néceffairement les
faire ; les merveilles de leurs fuccès
ont fait croire celles de leur gouvernement & de leurs mœurs : ainfi s'eft
formée l'idée d'une vertu parfaite :
cette prétendue pureté a été regar-
dée comme la fille de l'ignorance ,
& eft devenue le grand argument de

nos Adverſaires ; mais après que leur chimère eſt évanouie , que reſte-t-il à l'ignorance ? Si elle n'avoit pour elle que cette perfection des mœurs , comme ſes partiſans ſont forcés d'en convenir , & ſi cette perfection n'a jamais exiſté , quels motifs de préférence peut-elle encore s'attribuer ?

SI de-là nous deſcendons aux premiers ſiécles des Nations modernes, quel ſpectacle nous préſente l'Europe ravagée par les Barbares deſcendus du Nord ? L'ignorance uſurpa tous les Trônes ; l'eſprit humain reçut des fers ; les noms de mœurs & de vertus diſparurent avec ceux de Sciences & d'Arts ; il n'y eut plus de gloire que celle de détruire les hommes , ou de les rendre eſclaves. A ſe renfermer dans notre Nation , quelles cruautés politiques ne commit pas Clovis le plus grand homme de ſa race ? Exemple qui ne fut que trop bien ſuivi par ſa poſtérité ; les frères n'eurent point de plus cruels ennemis que leurs frères ; la guerre qu'ils ſe faiſoient étoit le moindre de leurs crimes ; leurs armes les

plus ordinaires furent le poison &
l'assassinat ; Fredegonde & Brune-
hault furent les modéles les plus ac-
complis de la scélératesse ; les Rois
étoient dépouillés par des Maires
ambitieux ; les Peuples pillés & dé-
chirés flottoient dans ces malheureu-
ses révolutions achetées par leur sang
& par leurs misères : les Trônes des
Goths en Espagne & des Lombards
en Italie ne furent pas teints de moins
de sang.

QUI pourroit aujourd'hui nous
proposer ces siécles funestes pour
modéles ? qui pourroit les regretter ?
le beau temps, le temps de la vertu
P. 74. de chaque Peuple n'est donc pas toujours celui de son ignorance, comme nos Adversaires le prétendent ;
proposition absolument insoutenable
à l'égard de tous les Peuples modernes de l'Europe.

JE ne suivrai point notre Histoire
dans tous ses détails ; des guerres barbares & interminables, sans justice
dans les motifs, sans utilité dans
l'objet, tous les vices de l'Aristo-

cratie dans une conſtitution Monar-
chique, un éternel eſprit de révolte
& d'ambition, ſource néceſſaire de
la mauvaiſe foi, de l'injuſtice & de
la violence, le corps entier de la
Nation eſclave né des paſſions de
mille Tyrans, ſont les traits répétés
à chaque page de nos faſtes : ajoutons une diſſolution dans les mœurs
hardie & violente ; ſi elle n'éclate
pas par tout également, c'eſt faute de
détails ; mais le Philoſophe voit dans
ce que dit l'Hiſtoire tout ce qu'elle
n'a pas dit ; les principes montrent
les conſéquences ; celles de nos épo-
ques qui ſont éclairées d'une plus
grande lumière ne nous permettent
pas d'en douter ; je me contenterai
de donner pour exemple le temps
des Croiſades.

L'IGNORANCE fut remplacée par
de fauſſes opinions ; de mauvaiſes
études prirent le nom de Sciences ;
& le monde n'en fut pas mieux : les
mœurs s'adoucirent pourtant par l'expérience du malheur ; il me ſuffit de
remarquer que les mœurs des régnes
de Charles VI, Charles VII &

Louis X I, n'étoient pas meilleures
que celles du régne de François I,
qui appella les Lettres en France ;
& qu'enfin les temps de Catherine
de Médicis & de ses fils ne sont nullement comparables à ceux de Louis
XIV & de Louis XV, les seuls
dans notre Histoire, où les Sciences
& les Arts ayent pris un accroissement capable de leur donner une influence marquée sur les mœurs.

S'IL pouvoit rester quelque doute
à l'égard de mes conjectures sur les
vices des premiers âges du Monde,
un coup d'œil jetté sur tant de Peuples ignorans qui existent encore,
suffiroit pour leur donner le plus haut
degré de certitude : que verrons-nous
dans les trois quarts de l'Asie ? le
Despotisme & l'Esclavage, les caprices d'un Tyran invisible pour toutes
Loix, la terreur dans les Peuples
pour toutes mœurs, un Sexe entier
victime à la fois de la force & de
la foiblesse de l'autre, des milliers
d'hommes sacrifiés inhumainement à
la jalousie d'un seul, & privés à jamais des plaisirs dont ils auroient dû
jouir,

jouïr, pour un maître qui n'en jouît
pas ; partout le fang humain compté
pour rien, & les droits les plus faints
de la nature méconnus ou violés : les
côtes d'Afrique , la patrie d'Anni-
bal , de Terence & de St. Auguf-
tin ne nous offrent que les citadelles
du crime habitées par des fcélérats,
brigands & affaffins par état , dignes
compatriotes des ours & des lions
de leurs forêts.

PLUS loin , nous trouverons les
Contrées immenfes des Négres ,
Peuples lâches & orgueilleux chez
qui la débauche & la pareffe perpé-
tuent la misère , privés des notions
les plus fimples de l'honnêteté & de
la juftice , facrifiant leurs prifonniers
de fang froid ou les mangeant , parés
de colliers faits des dents de leurs
ennemis , ou faifant des parquets de
leurs crânes. L'Amérique n'eft pas
moins peuplée de monftres humains.

TOUS les Peuples de l'antiquité
qui ont eu des mœurs & des Loix,
les ont dues à des Sçavans qui ont
été leurs Légiflateurs ; tels ont été

C

Zoroaftre, Minos, Lycurgue, Dracon , Solon , Numa &c. il fallut
que la fcience vînt réformer ce que
l'ignorance avoit corrompu ; les
Nations éclairées par fa lumière ont
paru tour à tour fur la Scène du
Monde avec plus ou moins de vertus, d'éclat & de fuccès , tandis
que la barbarie la plus honteufe
régne encore après tant de fiécles par
tout où l'ignorance s'eft confervée.

DE quelques hyperboles que l'on
veuille exalter les vices des Peuples
policés , les Cannibales en fçavent
plus que nous fur cet article, fans
avoir rien appris de la Philofophie
ni des Arts ; ils ne s'amufent point
à médire de leur prochain , mais ils
le rôtiffent & le mangent en chantant & en danfant : les Mumbos ont
des marchés de chair humaine. Comment nos Sciences corrompues n'ont-
elles point trouvé de tournure pour
nous procurer le droit & le plaifir
d'un femblable établiffement ? D'où
naît l'horreur que nous en avons ?
eft-ce foibleffe ou préjugé ? il eft
pourtant difficile de ne pas convenir

que ces gens-là ont des mœurs plus
dépravées que les nôtres.

ON croit faire illusion en avan-
çant que l'ignorance est l'état naturel de l'homme : oüi , à peu près
comme il lui est naturel de marcher
à quatre pieds , parce que les enfans ne peuvent d'abord se soutenir
sur leurs jambes : l'ignorance est le
premier état de l'homme , mais c'est
pour en sortir par l'accroissement de
ses connoissances , comme il doit
s'affranchir des foiblesses de l'enfance
par le progrès de ses forces : l'ame
nous est donnée aussi foible que le
corps ; c'est à nous de fortifier l'un
& l'autre par les exercices qui leur
sont propres. Un juste équilibre est
difficile à observer entre ces deux
êtres dont nous sommes composés ;
mais si les hommes qui ne veulent
être que sçavans, ne parviennent pas
toujours à être sages , ceux qui ne
veulent être que robustes ne peuvent guères avoir que des vertus
bien foibles.

ON m'opposera sans doute des

actes & des notions d'humanité,
de bonne foi & de justice chez les
Peuples les plus barbares , & j'en
conviendrai sans peine ; l'homme ne
sçauroit être tout méchant, parce que
ce seroit tendre directement à sa destruction , & que le plus foible rayon
de raison suffit pour l'en empêcher :
les brigands même ne sont point &
ne peuvent être absolument sans foi
& sans équité ; au sein de la barbarie on trouve des Peuples d'un caractère plus doux ; les climats, les
terreins , quelques circonstances sin-
gulières jettent des variétés dans les
tempéramens & dans les inclinations;
il y a des vertus d'instinct , dont la
semence ne peut être entièrement
étouffée : mais si le naturel d'un Peuple ignorant peut être bon , ses passions sont toujours redoutables ; la
raison perfectionnée peut seule leur
marquer de justes limites ; chez les
Nations non civilisées, les haines sont
cruelles & les vengeances atroces.

ENFIN, si l'ignorance ne produit
pas immédiatement tous les excès
des Nations barbares , on ne peut

nier qu'elle ne soit la source de cette rusticité brutale & féroce qui les familiarise avec les violences & le sang , ainsi que de l'oisiveté éternelle qui ne leur permet pas d'autre industrie que le brigandage.

Les Hottentots après la cérémonie qui les constitue à l'âge de dix-huit ans dans la qualité d'hommes , ont le droit de battre leur mère , & se hâtent ordinairement d'en user : les Souverains ne tirent que de légères impositions , mais c'est pour eux un amusement royal de tuer des hommes : l'Empereur du Monomotapa dans certaines fêtes fait donner la mort aux Seigneurs de sa Cour qu'il aime le moins ; le massacre des prisonniers de guerre est de droit ; le Roi de Dahomay en sacrifia , selon le récit des voyageurs, jusqu'à quatre mille en un seul jour ; & c'est , pour le dire en passant , une excuse pour l'usage des Européens d'acheter des Esclaves négres , puisque ce sont tous des malfaiteurs ou des captifs destinés à la mort , que la vengeance auroit sacrifiés , & que l'avarice aime mieux vendre. Le Roi des Jaggas, Nation errante qui ne vit que de brigandage , fait lâcher un lion furieux au milieu de son Peuple desarmé & rassemblé en cercle dans une vaste plaine ; le lion tue tout-autant qu'il peut de ces malheureux, jusqu'à ce qu'il succombe lui-même sous les coups de la multitude ; les survivans finissent par manger les morts avec des cris de joie , c'est ainsi qu'ils célébrent le jour de la naissance de leur Souverain, qui jouit de ce spectacle au haut d'un arbre, où il est à l'abri du danger avec ceux qui composent sa cour. Ces mêmes Jaggas massacrent leurs enfans aussitôt qu'ils sont nés, & cette abominable Nation ne se perpétue que par les jeunes prisonniers qu'elle fait sur ses ennemis, & qu'elle éléve dans les principes de sa barbarie. D'autres Peuples abandonnent aux bêtes féroces leurs pères & leurs mères lorsqu'ils sont parvenus à un certain point de décrépitude , ou les égorgent eux-mêmes ; ainsi le parricide est regardé par l'ignorance comme un service d'humanité. Un très grand nombre de Nations mangent leurs prifonniers ; les Anzikos , peuple d'Afrique, mangent leurs propres efclaves lorfqu'ils les trouvent affez gras , ou les vendent pour la boucherie publique.

COMBIEN de fang verfe encore l'ignorance par les mains des préjugés & des fuperftitions qu'elle enfante & qu'elle éternife ! Dans le pays d'Ardra une femme qui met au monde deux enfans à la fois , eft punie de mort comme adultère : au Cap , fi deux filles naiffent enfemble, on tue la plus laide ; fi c'eft une fille & un garçon , la fille eft expofée fur une branche d'arbre ou enfevelie toute vivante : au Royaume de Congo, s'il tombe trop ou trop peu de pluie , fi les faifons font mauvaifes , c'eft au Roi que le Peuple s'en prend ; on fe révolte & il eft maffacré : à la mort du Roi de Juida on laiffe un inter-regne de quelques jours , pendant lefquels chacun pille , tue , ou viole à fa fantaifie : l'ufage de facrifier les femmes fur le tombeau de leurs maris & les efclaves fur celui de leurs maîtres, n'eft point

une fingularité de quelques cantons
fauvages ; c'eft une fuperftition fanglante qui fouille une très grande
partie de la terre : à la Côte d'or on
immole jufqu'à cinq ou fix cens perfonnes à la mort des Rois : l'ignorance forge des Dieux qui lui reffemblent & leur prête fes fureurs :
elle implore leurs faveurs par des
cruautés , & croit les fléchir par le
fang. La plûpart des Sauvages ne
reconnoiffent que des Divinités mal-
faifantes ; leurs Prêtres font des for-
ciers , & leurs Sacrifices des meurtres : Annafinga Reine d'Angola con-
fultoit le Diable par le facrifice de
la plus belle fille qu'elle pût trouver ; elle buvoit un verre de fon
fang & en faifoit faire autant à fes
chéfs. Lorfque les Européens leur de-
mandent raifon de ces abomina-
tions , ne pouvant les juftifier , ils
répondent , c'eft notre ufage : ainfi
l'ignorancé égorge froidement les
hommes de fa propre main , fans
avoir befoin d'armer leurs paffions :
elle tire fes droits de fa ftupidité
même , & parvient à confacrer fes
crimes en les multipliant.

Si l'ignorance des premiers hommes a produit l'âge d'or, comm'on le
prétend dans quelques Régions de
l'Europe, comment n'a-t-elle pas eu
les mêmes effets dans ces trois immenfes parties de la Terre ? ou fi ces
Peuples ont eu auffi un âge d'or à
leur origine, comment en confer-
vant fi fidélement leur ignorance,
leurs vertus primitives ont-elles fait
place à tant d'horreurs ?

On nie, & avec raifon, que les
hommes foient naturellement mé- *p. 85.*
chans ; on croit même qu'ils font
naturellement bons ; mais quand je
vois dans les trois quarts de l'Univers l'ignorance & les vices réunis,
fi ces vices ne font point dans la
nature de l'homme, qu'eft-ce donc
qui leur a donné la naiffance ? Si
l'on ne veut pas convenir que l'ignorance les a enfantés, il eft donc vrai
du moins qu'elle n'a pu mettre obftacle à leur exiftence ; il eft donc
vrai encore qu'elle a même été un
obftacle au rétabliffement de la vertu, puifque ces Peuples fauvages
perfiftent dans cette miférable bar-

barie depuis tant de siécles sans aucun amendement : conçoit-on en
effet qu'on puisse parvenir à réformer leurs mœurs, sans commencer
par les éclairer ? leur ignorance est
donc si intimément unie avec leurs
vices, elle en est donc tellement le
rempart le plus sûr, qu'on ne peut
entreprendre la ruine des uns sans
commencer par la destruction de
l'autre.

p. 73. LES vices d'une multitude de Peuples ignorans font donc, quoi qu'on
en dise, quelque chose à la question ;
ils prouvent donc très bien, non seulement que l'ignorance n'engendre pas
la vertu nécessairement, ils servent
encore à détruire la proposition avan-
cée par nos adversaires, que l'ignorance n'est un obstacle ni au bien
ni au mal ; ils démontrent enfin in-
vinciblement que l'ignorance est un
état doué par sa nature d'une force
d'inertie très-puissante contre toute
réformation, privé de toute force
active pour empêcher le mal ou pour
le corriger, & l'inévitable source
de la barbarie, par l'oisiveté, la

férocité, les préjugés , & les supersti-
tions qu'elle enfante immédiatement.

J'AI peine à comprendre d'où peut
naître le ridicule qu'on affecte de
répandre avec tant de confiance sur
cette objection tirée des vices de
l'ignorance : par quel privilége spé-
cial auroit-on le droit de se préva-
loir de la corruption de quelques
Peuples sçavans , & ne pourrions-
nous employer à notre défense celle
de tant de Nations barbares ? J'y
vois à la vérité quelques différences,
& les voici ; c'est que chez ces Peuples sçavans & corrompus nous trouvons à côté de la Science , les richesses , la puissance , la prospérité ,
causes toutes naturelles de corruption
& qui doivent assurément en avoir
l'honneur par préférence ; au lieu
que chez les Peuples que nous oppo-
sons, l'ignorance est absolument seule
vis-à-vis de la barbarie , sans aucune
autre cause de corruption , ensorte
qu'elle ne peut se justifier ou de l'a-
voir causée ou de n'avoir pu y mettre obstacle : nous objectons la barbarie éternelle & incurable des trois

quarts de la terre , qui dépofent contre l'ignorance ; que cite-t-on en fa faveur ? les vertus très paffagères & très-mêlées de vices, de trois petites Villes de l'antiquité : n'eft-ce pas là vouloir comparer le particulier à l'univerfel , l'exception à la régle , & le doute à l'évidence ? (*)

(*) J'ai prouvé dans mon premier Difcours que le progrès des Lettres eft toujours en proportion avec la fortune des Empires , & on eft forcé de convenir que j'ai raifon : mais on me répond *que je parle toujours de fortune & de grandeur , tandis qu'il eft queftion de mœurs & de vertus.* M. Rouffeau me permettra de le faire fouvenir qu'il n'a pas toujours parlé uniquement de mœurs; il a attaqué auffi les Sciences fur ce qu'elles amolliffoient le courage ; il a attribué à la culture des Lettres & des Arts la chute d'Athènes , celle de la République Romaine & les différentes conquêtes de l'Egypte ; c'eft à ces objections que j'ai répondu dans le paffage dont il s'agit : je crois donc pouvoir me flatter de n'être pas forti de la queftion.

On m'avoit objecté les conquêtes des Barbares : j'ai répondu qu'ils avoient fait de grandes conquêtes, parce qu'ils étoient très-injuftes : à toutes ces conquêtes j'ai oppofé celle de l'Amérique, la plus vafte qui ait jamais été faite , & uniquement due à la fupériorité de nos Arts & de nos Sciences.

Que répond-on ? qu'elle étoit injufte : qu'importe ? en eft-elle moins la plus prodigieufe conquête que les hommes aient jamais faite ? en eft-elle moins le fruit des avantages que nous donnoient nos connoiffances ? On de-

p. 82.

p. 1

MAIS ce qui doit décider la queſtion ſans retour, le plus haut degré
de toute corruption c'eſt la barbarie,
& elle apartient ſans contredit au plus
haut degré de l'ignorance : au contraire la plus parfaite Science ſeroit
vraiſemblablement la plus parfaite
vertu, puiſqu'elle ſeroit le plus haut
point des connoiſſances métaphyſi-
ques, morales & politiques : mais
ſi l'on nous conteſte cette conjec-
ture, il eſt du moins bien prouvé
que la plus grande perfection de la
Science ne ſçauroit jamais conduire
à une barbarie telle que nous venons
de la décrire, & ce point ſeul ſuffit
pour prononcer la condamnation
abſolue de l'ignorance.

mande quel eſt le plus brave de l'odieux Cor-
tez ou de l'infortuné Guatimoſin ? mais je
n'avois pas dit un mot de courage ; je ne par-
lois que de Sciences & d'Arts : que l'on prouve tant qu'on voudra que les Américains
étoient un peuple très-courageux, bien loin
de détruire mon rai-ſonnement, on ne fera
que le fortifier ; ils étoient très-braves,
nous n'étions que ſça-vans, & nous les avons
vaincus ; ils étoient innombrables, nous
n'étions qu'une poi-gnée d'hommes, &
nous les avons ſoumis ; c'eſt-à-dire que la
Science peut triom-pher du nombre & du
courage même.

EN effet, pour en bien juger, il étoit abfolument néceffaire de la confidérer dans toute fa pureté ; c'eft feulement parmi les Peuples les plus fauvages qu'on pouvoit parvenir à bien connoître fa nature & fes effets; fon influence devient équivoque & incertaine, fi-tôt qu'elle eft mêlée avec divers degrés de fciences & d'arts.

L'IGNORANCE & la Science ne font plus alors que des noms relatifs, par exemple nous traitons Athènes d'ignorante au temps de la bataille de Marathon ; il eft pourtant vrai qu'elle étoit très-fçavante en comparaifon de la plûpart des villes de la Grèce, & de ce qu'elle avoit été elle-même dans les fiécles précédens; ainfi fa vertu & fa gloire dont on fait aujourd'hui un argument en faveur de l'ignorance, devoient au contraire paroître dans ce temps-là une forte preuve de l'utilité des Sciences & des Arts. Pififtrate & fes fils n'avoient rien négligé pour infpirer aux Athéniens le goût des Sciences; ils leur avoient donné la connoiffance des Poëmes d'Homère ; & avoient attiré dans leur ville Anacréon, Simonide, & plusieurs Philosophes; & il faut considérer qu'Héfiode, Archiloque, Alcée, Sappho avoient déja existé, & que les sept Sages existoient encore dans ce même temps.

LYCURGUE étoit sçavant & Philosophe : Sparte dédaigna, il est vrai, de cultiver les Sciences, mais elle les connoissoit ; elle étoit trop liée avec les autres Peuples de la Gréce, pour qu'on puisse la supposer dans une ignorance absolue. Rome même dans ses commencemens sentit que son ignorance ne suffisoit pas pour la gouverner ; elle choisit pour second fondateur Numa recommendable uniquement par la Philosophie ; elle alla ensuite chercher des Loix chez le Peuple le plus sçavant qui fût alors ; elle jouit & elle profita des conseils de la Science. Enfin ces trois Peuples avoient plus ou moins la plûpart des connoissances qui ont rapport aux mœurs : à quel titre l'ignorance oseroit-elle revendiquer leurs vertus ?

Il est vrai que tous les degrés des Sciences n'ont pas des proportions de mœurs constantes & égales ; c'est qu'elles n'ont pas toutes une égale influence sur nos actions : Solon, Aristide & Socrate contribuoient plus sans doute aux mœurs , qu'Hippocrate , Euclide & Sophocle.

Les Peuples après les épreuves cruelles qu'ils avoient faites de l'état où ils vivoient sans Loix & sans puissance civile , ont dû commencer par l'étude de la morale & de la politique , & dans ce premier moment , ils ont dû être très-vertueux.

Ainsi les temps où ces premières Sciences étoient seules cultivées, ont pu l'emporter par les mœurs sur ceux où elles ont été accompagnées de l'étude des autres , non que ces dernières aient nui à la vertu , mais par d'autres causes étrangères, telles que la prospérité , l'accroissement des richesses ou l'affoiblissement des Loix.

Athénes se corrompit lorsqu'elle augmenta ses connoissances , parceque

que fon génie & fon gouvernement n'étoient pas faits pour fupporter la profpérité ; le caractère des Athéniens eft le même depuis Solon jufqu'à Alcibiade ; Périclès régna fur eux par les mêmes voies que Pififtrate ; les entreprifes de celui-ci avoient été portées bien plus loin fous les yeux de Solon & dans la première ferveur de fes Loix ; il mérita d'être appellé Tyran , & il fut fouffert : fans les violences extrêmes d'Hippias fon fils , Athénes étoit foumife pour jamais ; rendue à fa liberté , elle en abufa ; tous fes chefs éprouvèrent fucceffivement fa légèreté & fon ingratitude ; l'orgueil & l'ambition du Peuple augmentoient par degrés avec fa puiffance & fes conquêtes ; plus il s'enyvra de fa gloire , plus il voulut être flatté ; on ne pouvoit écarter un rival qu'en propofant quelque nouveau moyen de féduction : c'eft ainfi qu'on en vint à diftribuer les terres conquifes au Peuple , à prodiguer les deniers publics pour les jeux, les fpectacles & les édifices, à attribuer des falaires aux Citoyens pour les fonctions

D

d'affister aux jeux & aux Tribunaux,
à détruire l'autorité du Sénat, à rendre la multitude toute puissante, à
entretenir enfin & à flatter tous ses
caprices. Si je cherche quels furent
les auteurs de cette corruption,
l'histoire me nomme Thémistocle,
Cimon, Périclès ; en accuser Phidias, Euripide & Socrate, seroit
le comble du ridicule.

L'ORGUEIL naturel des Athéniens
dégénéra en insolence & en indocilité, leur vivacité devint yvresse,
& leur légèreté folie ; ils s'épuisèrent en magnificences & en guerres
inutiles ; ils eurent tous les vices du
bonheur, & ils en firent toutes les
fautes : Athènes abusoit de tout, il
falloit bien qu'elle abusât des Arts
comme elle avoit fait de sa puissance
& de sa gloire, & qu'elle mît dans
ses plaisirs les mêmes vices que dans
ses affaires ; elle avoit le bonheur
de posséder Socrate, Platon, Xénophon, & elle écoutoit par préférence des Sophistes & des Déclamateurs qui la flattoient ; elle ne se
contentoit pas d'honorer les Dieux

& de couronner Euripide & Sophocle , elle fe ruinoit follement pour
fes Temples & fes Théatres , & la
Poëfie & la Religion n'en étoient
pas plus coupables l'une que l'autre :
la licence d'une Démocratie effrénée
monta fur la fcène ; la Comédie dès
fa naiffance fut obfcène , impie &
fatirique , elle joua les noms & les
vifages , elle couvrit indifféremment
de ridicules Hiperbolus & Socrate ;
elle ne tenoit pas fes vices de fa nature , puifqu'elle n'en a jamais eu de
pareils chez aucun Peuple , elle ne
fit que reporter dans les mœurs publiques la corruption qu'elle en avoit
reçue ; la profpérité étoit tellement
la fource de cette corruption , qu'elles ceffèrent enfemble; Athènes vain-
cue & malheureufe réforma fon
théatre.

ROME avec des mœurs dures , un
génie févère , des guerres continuel-
les , & des fuccès lents , devoit dif-
férer long-temps à fe corrompre ;
mais enfin le temps arriva où fes
Loix fe turent devant fa gloire ; les
caufes de fa corruption ont été trop

bien dévéloppées & font trop con-
nues, pour que je perde du temps à
en parler : les Sciences & les Arts
n'avoient encore fait que de foibles
progrès, lorfque ſes mœurs étoient
déja perdues : elle eut auſſi la fureur
des Spectacles ; elle s'en ſervit pour
fléchir ou pour remercier ſes Dieux,
& ils firent une partie importante de
ſon culte. Un Peuple ſouverain veut
être amuſé : des Sauteurs, des combats d'animaux & d'hommes faiſoient
d'abord ſes plaiſirs : on fit enſuite venir des Baladins de Toſcane ; leurs
Piéces n'étoient que de miſérables
rapſodies pleines de groſſiéretés, elles portoient le nom de Satyres,
terme qui avoit alors le même ſens
que notre mot, Farce, & qui fut
en conſéquence détourné à une ſigni-
fication nouvelle qu'il a toujours con-
ſervée depuis ; les bonnes Piéces
dramatiques que le goût des Lettres
produiſit dans la ſuite, bien loin de
contribuer à la corruption publique,
furent une vraie réformation qui alla
toujours en augmentant; Plaute obligé de ſe conformer au goût de ſon
ſiécle, fut d'abord très-libre; Térence

devint plus châtié ; mais le Peuple ne les goûta jamais parfaitement , il préféra toujours l'aréne au théatre.

IL ne cherchoit dans ses repré- sentations que le spectacle de sa gran- deur & de sa magnificence ; les Edi- les se surpassoient à l'envi en somp- tuosité pour plaire à un Peuple qui pouvoit tout ; les Censeurs crièrent long-temps & se lassèrent enfin de déplaire sans fruit : le fameux théa- tre de Scaurus contenoit quatre- vingt-mille personnes , il étoit porté sur trois cens soixante colonnes ; il avoit trois étages , dont le premier étoit de marbre; ses colonnes avoient trente - huit pieds de hauteur , & étoient entre - mêlées de trois mille statues d'airain ; ce prodigieux édi- fice étoit construit pour trois mois seulement , & fut détruit en effet au bout de ce temps : on élevoit des eaux de senteur au-dessus des porti- tiques , & on les faisoit retomber en pluie par des tuyaux cachés : dans une Tragédie d'Andronicus appellée le Cheval de Troye , on voyoit pas- ser sur le théatre trois mille vases &

toutes fortes d'armes d'infanterie &
de cavalerie : Pompée à la dédicace
de fon théatre fit combattre & périr
cinq cens lions, fix cens panthères,
& vingt éléphans : qu'eft-ce que les
Sciences pouvoient avoir de commun avec cet appareil faftueux des
dépouilles du monde ?

LORSQUE la corruption fut extrême, elle ofa violer la majefté naturelle de la Tragédie, & contre toute
vraifemblace y porter l'obfcénité ;
enfin on s'entêta des Pantomimes,
Acteurs muets dont le talent confif-
toit à imiter les actions les plus in-
fames ; Pilade & Bathylle partagè-
rent la ville & cauferent des fédi-
tions ; on finit par abandonner en-
tiérement le goût des Lettres & des
Arts qui n'avoient pu fe prêter à
l'excès de la licence.

ROME à force de pauvreté & de
vertu, conquit des richeffes & des
vices, & fa fcience ne put la guérir ; Carthage fut très corrompue &
ne fut jamais fçavante ; on en peut
dire autant des anciens Perfes & de

la plûpart des grands Empires de l'Afie ancienne & moderne ; Sparte elle-même, quoique toujours fidelle à fon inimitié pour les Sciences & les Arts, perdit fes vertus auffi-tôt qu'elle fut maîtreffe de la Gréce : partout la profpérité féduit & corrompt ; elle détruit ce qui l'a fait naître , & finit par être fa propre ennemie.

JE trouve dans l'hiftoire que tous les Peuples ignorans , fans en excepter un feul , ont été corrompus dans leur puiffance & dans leurs richeffes : deux Peuples fçavans l'ont été dans les mêmes circonftances : à des effets tout femblables dois-je chercher des caufes différentes ? & comment oferois-je imputer aux Sciences , dans deux cas particuliers les mêmes vices que je vois par-tout ailleurs où elles n'exiftoient point ?

LA propofition que tous les Peuples fçavans ont été corrompus, ne *p. 74.* peut donc former aucun préjugé contre les Sciences , puifqu'ils ne l'ont été que dans les mêmes circonftances qui ont corrompu toutes les Nations ignorantes.   D iv

POUR achever d'éclaircir cette question, il eſt à propos d'examiner ce que c'eſt que vertu & corruption, deux mots très anciens & très impoſans, ſouvent prononcés, rarement entendus.

LA vertu dans ſon acception la plus élevée ſeroit une force de l'ame qui dirigeroit toutes nos actions au plus grand bien du genre humain. Les différens degrés du bonheur total des hommes dépendent des différens degrés de leur union ; leur union dépend uniquement de leurs vertus ; ils ne ſont ſéparés & armés que par leurs vices : la plus parfaite combinaiſon de l'amour propre & de l'amour ſocial ſeroit à la fois le plus haut degré de la vertu & du bonheur : c'eſt à ce point que des lignes infinies de ſiécles tendront ſans ceſſe, ſans l'atteindre jamais : ſi les hommes avoient pu y arriver, ils ne formeroient tous enſemble qu'une famille.

LA Société générale ſe décompoſe en ſociété politique & civile, & en individus ; la vertu de chaque indi-

vidu ne fçauroit mériter ce nom ,
qu'autant qu'elle travaille à fa confervation & à fon bonheur , relativement à la confervation & au bonheur
des différens ordres de fociétés dont
il eft membre ; toutes les vertus domeftiques & civiles doivent être ra-
portées à ce principe & mefurées à
cette régle ; elles s'ennobliffent &
s'élévent à mefure qu'elles contribuent au bonheur d'un plus grand
nombre d'hommes ; ainfi la tempérance & le courage , les deux vertus gardiennes' de notre être , font
en même-temps la bafe de toutes les
vertus d'un ordre fupérieur.

LA nature nous a environnés de
biens & de maux : attirés par les uns,
effrayés par les autres , l'excès des
defirs & des craintes produit toutes
les paffions qui nous rendent méchans
& malheureux : la tempérance de
l'ame & le courage font la double
force qui les modère : plus les defirs
& les craintes font modérés , plus le
nombre & la vivacité des concurrences en tout fens diminuent : de là
coulent dans l'ordre civil l'huma-

nité , la foi , la justice , le desintéref-
fement , la générosité : dans l'ordre
politique la soumiffion aux Loix , la
fermeté contre les desordres inté-
rieurs & les dangers du dehors : enfin cette modération seule peut adoucir les concurrences inévitables entre les sociétés politiques , calmer
leurs défiances mutuelles & établir
dans la société générale cette bienveillance , cette bonté universelle
qui forme le plus sublime caractère
de la vertu , & sans laquelle le bonheur de chaque société n'est jamais
qu'un bien fragile.

L'Excès des privations rarement
utile au bonheur public & plus rarement encore au bonheur particulier
a pu être quelquefois une vertu d'o-
bligation en de certaines circonstances ; c'est ainsi que dans l'enfance
du monde & à la naissance des Sociétés cet excès a pu convenir à la
timidité & à l'inexpérience des premiers hommes : dans tous les autres
cas , lorfqu'il est produit par des
motifs purement humains , c'est tout
au plus une vertu de choix qui n'est

propre qu'aux ames froides ou pu-
fillanimes : defirer & jouir avec modération , forme le caractère d'une
raifon éclairée & d'une vertu active , digne apanage de l'âge viril où
le genre humain eft parvenu & qui
peut feul le conduire à fa véritable
deftination , c'eft-à-dire au plus grand
bonheur poffible.

Si tous les hommes étoient vertueux , la vertu ne feroit que l'exercice le plus doux & le plus agréable
de la raifon : plus elle eft entourée
de vices & expofée aux dangers, aux
crimes & aux malheurs qui en naiffent , plus elle devient pénible &
dure , plus elle a de grands facrifi-
ces à faire : fans les crimes des Tarquins , l'héroïfme cruel de Scævola
& de Brutus n'eût jamais exifté :
fans la barbarie des Carthaginois ,
Régulus n'eût pas eu befoin de tant
de grandeur d'ame ; fi Céfar eût vécu
en citoyen, Caton ne fût point mort
en héros : (*) ces efforts cruels de

(*) J'ai dit que Ca-
ton déclama toute fa
vie , combattit , &
mourut enfin fans avoir
fait rien d'utile pour
fa patrie : on répond
qu'on ne fçait s'il n'a
rien fait d'utile pour

vertu font la marque d'un mauvais
fiécle : il ne peut y avoir de Brutus
où il n'y a pas de Tarquins ; fe
plaindre que nous n'ayons pas de

p. 105. *fa patrie* (c'eſt tout
ce que je prétendois)
mais qu'il a beaucoup
fait pour le genre hu-
main ; en lui donnant
le ſpectacle & le modéle
de la vertu la plus pure
qui ait jamais exiſté :
j'en conviens , & j'a-
joute que ce fut préci-
ſément parce que ſa
vertu fut extrême qu'el-
le fut inutile à ſon
pays; elle ne ſçut ni ſe
prêter , ni fléchir , ni
attirer , ni compren-
dre enfin que les mœurs
d'une ville petite , foi-
ble & pauvre , ne pou-
voient être celles de la
capitale du monde , &
que la vertu pouvoit
exiſter ſans ces mœurs
pauvres & dures. Il a
été loué par des Phi-
loſophes , parce qu'il
fut un Philoſophe ;
avec moins de dureté
& d'inflexibilité il au-
roit pu ſauver ſa pa-
trie ; il ne ſçut que
mourir : mais qu'il fal-
lût ou être ce qu'il a
été , ou ſuivre les prin-
cipes de Tibére & de
Catherine de Médicis ,

& devenir un *Cartou-* P. 10
chien , un ſcélérat &
un brigand , & qu'il
n'y eût point de milieu
entre ces extrémités ,
comme notre adver-
ſaire le ſuppoſe dans
la rapidité de ſes con-
ſéquences , c'eſt une
prétention qui doit pa-
roître tout au moins
exagérée.
C'eſt ainſi que lorſ-
qu'en parlant des Bru-
tus , des Decius , des
Lucréce , des Virgi-
nius , des Scævola ,
j'ai fait l'éloge d'un
état *où les Citoyens ne*
ſont point condamnés à
des vertus ſi cruelles,
on m'a répondu *qu'on* p.
entendoit très-bien qu'il
étoit plus commode de
vivre dans une conſ-
titution de choſes où
chacun fût diſpenſé d'ê-
tre homme de bien,
comme ſi la vertu étoit
eſſentiellement ſan-
glante & barbare , &
que hors de ces mal-
heureuſes circonſtan-
ces l'honneur & la pro-
bité même ne puſſent
exiſter.

Régulus , c'eſt regretter qu'il n'y ait pas de Peuple qui livre aux ſupplices les plus barbares un ennemi priſonnier : l'adouciſſement des mœurs en banniſſant les grands crimes , a banni en même-tems ces vertus effrayantes toujours rares , parce qu'il faut une longue ſuite de crimes , pour donner occaſion à un ſeul acte de ces vertus ; gémir de ce qu'elles n'exiſtent plus , c'eſt faire le plus grand éloge du ſyſtême de notre ſociété : moins la vertu a beſoin d'efforts & de ſacrifices , plus elle ſuppoſe les mœurs perfectionnées.

Les miſères & l'ignorance des premiers ſiécles ne leur permettoient pas de connoître ces principes : les Peuples anciens furent extrêmes dans le matériel des vertus , & n'en poſſédèrent jamais le véritable eſprit : le bonheur particulier de chaque ſociété fut leur unique objet ; ils ne s'élevèrent point juſqu'à l'amour du genre humain , ce point de réunion de toutes les vertus , ce dogme fondamental du bonheur , que l'ignorance ne ſoupçonnoît pas , que la

politique déteſtoit , & que la Philoſophie ſeule pouvoit leur révéler ;
ils crurent que la tempérance ne
pouvoit être qu'une privation abſolue , & ils ſuppoſèrent que le courage devoit combattre ſans ceſſe ;
toute la vertu humaine ſe réduiſit à
l'art de rendre les hommes terribles
à d'autres hommes : la ruſticité , la
férocité pouvoient contribuer à ce
funeſte effet , elles furent conſacrées
comme les mœurs de la vertu , on
en vint à les prendre pour la vertu
même : la pauvreté , la frugalité n'é-
toient point eſtimées , comme l'effet
de la modération , mais comme des
armes de plus à la guerre ; on ne
connoiſſoit que la tempérance du
corps , & elle n'étoit que l'inſtru-
ment de l'ambition de l'ame : pour
animer la valeur on avoit des ſpectacles ſanglans , on ſe faiſoit un devoir d'être cruel juſques dans ſes
plaiſirs : dans ces circonſtances , tout
ce qui n'étoit pas préciſément pauvreté & courage , épouvantoit le
préjugé & étoit impitoyablement appellé corruption ; on perſiſtoit à reſ-
ter malheureux pour être redoutable.

On voit par là combien l'imputation de corruption fi odieufe & fi répétée a été injufte dès fon origine : ces nations de foldats fidéles à leur animofité éternelle , redoutoient comme une fource de foibleffe tout ce qui pouvoit les rapprocher & les adoucir : on connoiffoit les avantages du courage , on ignoroit encore ceux du Commerce & des Arts : on vit que l'on alloit perdre des foldats , on ne voyoit pas que l'on gagnoit des citoyens ; on croyoit qu'il étoit honteux de devoir à l'induftrie , des biens qu'on auroit pu fe procurer par la force ; & il faut remarquer que dans ces temps la guerre enrichiffoit les particuliers & les Peuples : les Loix des différens états n'avoient fongé qu'à les féparer , on crut leur conftitution perdue lorfqu'il fut queftion de les réunir : des hommes qui par amour pour leur patrie détruifoient celle de cent Peuples , étoient bien éloignés d'imaginer la terre comme une patrie commune à tous fes habitans ; on ne concevoit pas qu'il pût s'établir entr'eux des intérêts communs : des befoins &

des secours mutuels ressembloient à une dépendance : des guerriers qui se faisoient négocians & ouvriers croyoient se dégrader ; c'étoit toutes les passions particulières qui sous le nom de vertus & de mœurs anciennes s'étoient liguées contre le bien général nouveau & inconnu.

Les vieux préjugés cédèrent enfin en grondant ; les nouvelles connoissances s'établirent : chaque état de l'homme a ses vices qui lui sont propres : le Commerce & les Arts en introduisirent de nouveaux ; on ne vit qu'eux ; on oublia ceux de la pauvreté qu'ils avoient chassés ; on murmura, on cria, comme on fait encore aujourd'hui ; on employa sans cesse ce terme commode & vague de corruption, qui accuse sans preuve & juge sans objet fixe, & qui au gré de la satyre, de l'humeur & de la misantropie flétrit indifféremment de la même qualification la plus haute insolence du vice & le plus petit relâchement de la vertu.

LA

LA corruption fe mefure par la qualité des vices nouveaux qu'elle introduit dans les mœurs, & les vices eux-mêmes tirent leurs qualités de celles des biens dont ils nous privent ; les premiers biens font, la vie, la liberté, les poffeffions, la bonne conftitution de la fociété où nous vivons, enfin la paix & l'union avec les fociétés voifines ; ainfi les vices les plus graves font, l'inhumanité, l'injuftice, la mauvaife foi, la lâcheté, l'efprit de revolte, la violence & l'ambition : tous les autres vices qui n'attaquent point les vertus de première néceffité & les biens naturels, forment un genre de corruption moins criminel & qu'on ne doit nullement confondre avec le premier : ainfi plus ou moins d'ufage des richeffes & des plaifirs, n'eft jamais qu'un abus tolérable en comparaifon des vices dont je viens de parler, fur tout lorfque la conftitution de l'état eft telle qu'elle n'en eft pas directement violée.

PAR ces principes nous devons juger que le plus haut degré de cor-

E

ruption, se trouve, ainsi que je l'ai dit plus haut, parmi ces nations sauvages qui n'ont ni mœurs, ni loix, ni gouvernement, ni union avec leurs voisins, ni droit des gens pour assurer leurs vies, leur liberté & leurs biens, & dont les misérables destinées sont l'éternel jouet de quelques préjugés & de toutes les passions.

PAR là nous trouverons encore une très-grande corruption dans ces siécles fameux de l'antiquité où les Peuples n'avoient point d'autre industrie ni d'autre institution que la guerre, ce crime & ce malheur qui les renferme tous : leurs vertus même par un égarement monstrueux se rapportoient uniquement à cet objet ; & que pouvoit produire en effet une frugalité oisive, une pauvreté qui avoit tout à acquerir & rien à perdre, une dureté de mœurs qui ne vouloit être adoucie par rien ? Que restoit-il, sinon de se haïr & de se combattre sans cesse, ne fût-ce que par desœuvrement, si ce n'étoit par férocité & par ambition ? C'est ainsi que Rome

toujours armée & toujours fanglante
a été pendant plus de fix cens ans
l'ennemie du monde, avant d'en être
la maîtreffe. Détournons les yeux un
moment de cette ville fuperbe ; por-
tons-les fur les ruines de cent villes
dépouillées, dépeuplées, ravagées par
le fer & le feu ; confidérons ce qu'il
en a coûté au genre humain pour la
gloire d'un feul Peuple, & admirons
encore fi nous l'ofons , le barbare
fyftême des vertus anciennes qui
renfermées dans les murs de chaque
ville, ne voyoient dans le refte du
monde que des ennemis,& ne s'exer-
çoient que pour le meurtre & la
deftruction.

APPLIQUONS enfin ces principes
à cette horrible corruption de notre
fiécle, qui nous a valu tantôt les noms
de lions & de tigres, tantôt l'épi-
théte de fourbes & de fripons , capa-
bles de tous les vices qui n'exigent
pas du courage, & tant d'autres in-
vectives répétées à chaque page par
notre adverfaire. Je dédaigne les
avantages que je pourrois tirer d'une
déclamation auffi outrée , pour me
renfermer uniquement dans mon fu-

83.92.

E ij

jet : je ne nierai pas qu'il n'y ait parmi nous des richeſſes mal acquiſes & dont on abuſe pour le faſte & la molleſſe, pour la ſéduction de la vertu & le ſalaire du vice ; j'avoüe que l'oſtentation monſtrueuſe de quelques fortunes forme un contraſte odieux avec la pauvreté d'un grand nombre d'hommes , & qu'elle répand de proche en proche une émulation de luxe ruineuſe , & dont les mœurs ont beaucoup à ſouffrir par le prix qu'elle attache aux choſes ſuperflues & par le vif aiguillon dont elle preſſe la cupidité ; je ne puis diſſimuler enfin que la recherche de certains agrémens prétendus , l'excès de la diſſipation, de la frivolité & de l'amour du plaiſir , ne nuiſent infiniment aux talens & aux vertus.

APRÉS ces aveux, j'obſerverai que cette corruption eſt du genre le plus excuſable , puiſqu'elle n'attaque ni la paix, ni le gouvernement, ni la liberté , ni la poſſeſſion de tous les biens naturels , & qu'elle permet à chacun d'acquerir, de jouir, & d'être vertueux , ſans être troublé par la violence & l'injuſtice.

TELLE qu'elle eſt cependant , ſi elle avoit infecté la maſſe entière de la nation , peut-être les hyperboles de nos adverſaires commenceroient à avoir quelque fondement ; mais ſi ce ne ſont là que les mœurs de quelques quartiers de la Capitale, mépriſerons-nous tout le reſte de l'Etat qui n'y participe point ? ne daignerons-nous voir dans la ſociété actuelle qu'un compoſé de *Cuiſiniers* , *p. 91.* de *Poëtes* , *d'Imprimeurs* , *d'Orfévres* , *de Peintres & de Muſiciens* ? & oublierons-nous , comme on affecte de le faire , le travail aſſidu du Laboureur & de l'Artiſan , l'induſtrie & la bonne foi du Commerce, la modération du Citoyen dans ſa médiocrité, l'intégrité & l'application du corps nombreux de la Magiſtrature, les vertus enfin & le zèle de tant de Miniſtres eccléſiaſtiques , auxquels l'antiquité n'a rien de ſemblable à oppoſer ? N'eſt-ce donc plus dans ces états divers que l'on doit chercher les mœurs d'un Peuple ? quelques Gens de cour & leurs flateurs , quelques Millionaires & leurs paraſites , quelques Fous, jeunes & oiſifs , auroient ils feuls le droit de repréfenter la Nation ?

LES Paffions naturelles font de tous les temps : partout où il y aura des cœurs humains, on trouvera l'amour des richeffes, des honneurs & des plaifirs ; les femmes voudront plaire, & les hommes voudront féduire : les Paladins de Charlemagne, les Croifés, & les Ligueurs avoient plus ou moins le fonds de notre corruption : nous n'en différons que par le vernis & les nuances, & tout au plus par quelques paffions d'opinion : les vices fecrets font menacés par la Religion, les vices publics doivent être réprimés par le gouvernement ; ainfi s'il y avoit quelque profeffion où les fortunes fuffent rapides, infaillibles & énormes, où elles fe fiffent fans rifque & fans peine, fans talent & fans utilité pour la patrie ; fi des fortunes odieufes étoient enfuite réhabilitées par de grandes places & par des alliances illuftres ; s'il y avoit des excès de luxe qui formaffent des difparates choquants ; fi le vice payé par la richeffe, triomphoit avec infolence ; fi des hommes ofoient afficher leur perverfité, & des femmes leur honte, ce feroit la faute des Loix.

LES Gouvernemens modernes fi vigilans contre le crime, ne fçavent point flétrir le vice ; ils font encore dans l'enfance à cet égard : occupés jufqu'ici à fe fortifier, ils n'ont confidéré les mœurs que du côté par lequel elles intéreffent la Politique ; le bon ordre purement moral n'a point été l'objet de leurs foins.

QUE les Loix ferment le plus qu'elles pourront les mauvaifes voies à la fortune, qu'elles châtient l'abus des richeffes ; en retranchant les objets exceffifs de la cupidité, elles réduiront la cupidité même dans de juftes limites ; qu'elles veillent attentivement fur les plaifirs publics, afin que la décence & les mœurs n'y foient pas violées, du moins habituellement ; qu'elles forcent au travail & au mariage l'oifiveté & le célibat trop foufferts parmi nous ; cette corruption tant reprochée difparoîtra auffitôt ; & combien cette réforme eft-elle plus facile, qu'il ne l'a été d'établir l'autoriré & l'obéïffance , & de délivrer les Peuples de l'oppref-fion des Grands ? Il fuffiroit de le vouloir pour réüffir : le cri général eft le cri de la vertu.

MAIS pour cela faut-il nous ra-mener à l'égalité ruftique des pre-miers temps ? les mœurs font - elles donc incompatibles avec les richef-fes ? Si nous recherchons l'origine de ce fyftême d'égalité tant vanté chez les Anciens , nous trouverons qu'il portoit fur un faux principe qui fuppofe tous les hommes égaux dans l'ordre de la nature : je conviens qu'ils font tous égaux dans leur or-gueil & dans leurs prétentions, mais l'homme & la femme, la vieilleffe, l'âge viril & l'enfance , le malade & celui qui eft en fanté , font - ils égaux en effet ? le courageux & le timide , l'imbécille & le fpirituel , le pareffeux , l'induftrieux , le robuf-te & le foible le font-ils davantage ?

LE caractère de la nature eft la variété , & elle ne l'a peut-être im-primé dans aucun de fes ouvrages

plus fortement que dans l'homme :
deux hommes ne font point égaux
en force , en adreffe , en courage ,
en efprit ; les traits de leurs vifages
ne font pas plus différens que leurs
tempéramens , leurs qualités , leurs
talens , & leurs goûts : dès les premiers ans de l'enfance , des yeux at-
tentifs voient éclater les traits dif-
tinctifs du caractère ; c'eft que la
nature nous ayant deftinés à vivre
en fociété , il falloit que nos qualités fuffent inégales relativement à
l'inégalité des places que nous de-
vions occuper : les uns devoient naître pour les fonctions les plus baf-
fes de la fociété , afin que celles qui
font les plus relevées & les plus im-
portantes puffent être remplies fans
diftraction : car fi chacun eût cultivé
fon champ lui-même , quel temps
feroit-il refté pour inventer les Arts
& les Sciences, faire des Loix & les
maintenir en vigueur ? l'inégalité
naturelle eft la bafe de l'inégalité
politique & civile néceffaire dans
toute fociété.

PLUS les fociétés font foibles ,

plus il y a d'égalité entre ceux qui les composent ; ainsi l'inégalité est moindre entre des enfans qu'entre des hommes faits. Il est certain que lorsqu'il n'y avoit point d'autre nature de biens que des fonds de terre, il convenoit qu'ils fussent partagés également ; ce n'étoit pas un rafinement de Politique ni de Philosophie, qui avoit fait imaginer ce partage aux premiers Législateurs ; c'étoit tout simplement la nécessité qui les y avoit conduits.

CETTE égalité n'étoit autre chose que le défaut de talens, d'arts, d'industrie, & de commerce ; elle fut détruite par des vices, elle l'auroit été tout de même par des vertus ; elle devoit être la première victime sacrifiée à la perfection du genre humain ; l'égalité parfaite ne produisoit que des laboureurs & des soldats, & comme les hommes font nécessairement avides de distinctions, ne pouvant en espérer d'ailleurs, ils en cherchoient à la guerre ; ainsi ces premières sociétés se combattirent avec acharnement : c'étoit un

état de guerre perpétuel de tous contre tous, c'est-à-dire un état de cala-
mités sans fin : un ou plusieurs Etats
s'aggrandirent enfin par la destruction de plusieurs autres ; l'inégalité
s'introduisit entr'eux, & par une suite
nécessaire entre les membres qui les
composoient ; dès-lors les hommes
commencèrent à être moins malheureux ; il n'y eut plus qu'une portion
de ces grandes sociétés qui fut obligée
de porter les armes ; il n'y eut plus
que des frontières qui souffrirent les
horreurs de la guerre ; l'intérieur des
grands Etats jouit d'une paix éternelle ; l'industrie & l'émulation naquirent de l'oisiveté , puisqu'il plaît à
nos adversaires d'appeller de ce nom
l'état des hommes lorsque la Patrie
cessa de les occuper tous à la guerre ;
les Citoyens se divisèrent en fonctions & en classes nouvelles ; les talens se connurent ; on vit éclore le
commerce , les arts , les sciences ;
le monde prit une face animée , bril-
lante & heureuse ; l'inégalité seule
enseigna aux hommes la légitime des-
tination de leurs facultés naturelles ;
elle leur apprit à se rendre heureux

les uns par les autres ; elle devint enfin la fource féconde de tous les biens, dont nous jouiffons.

PARMI tant de biens elle enfanta les richeffes, cet éternel objet de la Satire. A leur égard j'obferverai d'abord qu'aucune Conftitution poli-tique n'eft exempte de tout incon-vénient, & que la grande inégalité des biens étant l'inconvénient propre aux grands Etats, on doit la fuppor-ter en confidération des avantages politiques, aufquels elle eft effentiel-lement liée.

LE commerce du nouveau monde & la découverte de fes tréfors ont été une fource naturelle de la mul-tiplication des richeffes, & ont chan-gé néceffairement le fyftême des mœurs à cet égard, fans qu'elles ayent pu le prévoir ni l'empêcher, & fans qu'elles ayent eu fujet de s'en offenfer.

A ces obfervations j'ajouterai que chez un Peuple bien gouverné, les richeffes excitent dans ceux qui les defirent l'induftrie, le travail & le talent, par l'envie de les acquerir; &

dans ceux qui en jouiffent, l'amour
de l'ordre, des loix & de la paix,
par la crainte de les perdre ; elles
animent en même-temps la cupidité ; mais cette paffion n'eft pas toujours un vice dans un Etat puiffant,
puifqu'elle peut très légitimement fe
propofer les plus grands objets, &
qu'elle eft même un reffort néceffaire
pour un grand nombre d'opérations
du gouvernement.

LES richeffes font la fource d'une
infinité de biens moraux ; elles donnent l'éducation, elles cultivent les
talens & les connoiffances, elles
mettent à portée des places où l'on
peut être utile à la Patrie ; la vertu
peut donc & doit même les defirer ;
enfin une plus grande multiplication
de richeffes laiffe entre les hommes
les mêmes proportions, qu'une moindre, à l'exception qu'elle rend la
condition d'un petit nombre plus heu-
reufe, fans empirer celle des autres.

QUE dis-je ? les richeffes en em-
belliffant la fcène du monde, ne con-
tribüent pas moins au bonheur du

pauvre qui en a le spectacle tranquille, qu'à celui du riche qui en a la possession inquiéte : croira-t-on que pour bien goûter la magnificence des palais, des temples, des jardins, des cérémonies, & des fêtes, il soit nécessaire d'en avoir fait les frais ? faut-il être Roi de France pour jouir de Versailles & des Thuilleries ? quelle plus délicieuse jouissance que celle de l'artiste même ? Celui-là seul a la plus parfaite propriété des productions des Arts, qui a le plus de goût & de sentiment.

AJOUTONS que dans un État riche tant de voies imprévues sont ouvertes de toutes parts à la fortune, que personne n'éprouve le desespoir de la pauvreté ; tandis que la crainte trouble le repos des riches dans leurs lits de pourpre, la divinité des malheureux, l'espérance berce le pauvre, & lui peint avec d'agréables couleurs la perspective de l'avenir.

IL est à propos de faire remarquer ici une contradiction singulière de nos adversaires ; d'un côté ils font

valoir la pauvreté antique , comme
un état qui faisoit le bonheur des
hommes , de l'autre ils emploient les
plus tristes couleurs pour peindre la
pauvreté moderne , & ne négligent
rien pour nous attendrir sur son sort :
d'où peut naître cette prodigieuse différence que l'on suppose gratuite-
ment ? la terre , les travaux nécessaires pour la cultiver , les besoins
naturels ont-ils donc changé ? S'il y
a quelque différence , c'est que nos
laboureurs vendent leur travail &
leurs denrées à des gens plus riches ,
c'est qu'ils sont plus assurés d'être
récompensés de leurs peines & dé-
dommagés de leurs pertes.

Nous nourrissons , dit-on , notre p. 90.
oisiveté de la sueur , du sang & des
travaux d'un million de malheureux :
j'aurois cru ces reproches mieux fondés contre ces Peuples anciens qui
sont les favoris de notre adversaire :
quels étoient en effet les talens &
les occupations de ses chers Spartiates , dont l'oisiveté étoit consacrée
par les Loix, & chez qui toute espèce
de travail étoit exercée par une classe

d'hommes privés, en naiſſant, de leur liberté, & condamnés ſans retour à travailler, à acquerir, & à produire même des enfans au profit d'un maître barbare, à qui la Loi donnoit droit de vie & de mort ſur eux ? tels furent les uſages de toute l'Antiquité; tels étoient ces Peuples dont on vante le bonheur, tandis que l'on peint comme malheureux parmi nous des hommes dont le travail & l'induſtrie ſont exercés librement & à leur profit ; qui nés pauvres à la vérité ne ſont pas du moins privés de l'eſpoir des richeſſes & ſont maintenus par les Loix dans la poſſeſſion de leur liberté, le plus cher de tous les biens, & d'une ſorte d'égalité même avec les Riches & les Puiſſans.

Les noms de riche & de pauvre ſont relatifs, dit-on ; c'eſt-à-dire que là où il y a des Riches il y a beaucoup plus de Pauvres par comparaiſon ; mais il eſt abſolument faux qu'il y ait plus de pauvreté réelle ; elle eſt toujours ſoulagée par l'eſpérance, la participation ou les bienfaits de la richeſſe : il eſt certain que les fleaux de

de la famine étoient bien plus fréquens & bien plus funeſtes dans les
ſiécles pauvres.

Qu'on nous aſſure après cela, que p. 83.
s'il n'y avoit point de luxe il n'y auroit point de pauvres : il n'y a qu'un
changement à faire à cette propoſition, pour qu'elle devienne vraie ;
c'eſt de la rendre préciſément con-
tradictoire à elle-même , & de dire
qu'il n'y auroit que des pauvres s'il
n'y avoit point de luxe. Qu'étoit
en effet tout le Peuple Romain lorſqu'il ſe retira en corps de ſa Patrie ,
extrémité la plus étrange dont il ſoit
parlé dans aucune Hiſtoire ? Qu'é-
toient tant de Nations qui ne pouvant ſubſiſter dans leur pays , alloient
dans des climats plus heureux con-
querir par les armes des terres qui
puſſent les nourrir ?

Nous avons dit que le luxe oc- p. 83.
cupoit les Citoyens oiſifs. On nous
demande pourquoi il y a des citoyens
oiſifs ? je répons que c'eſt parce qu'ils
ne peuvent manquer de l'être par tout
où il n'y a ni arts , ni induſtrie , ni p. 84.

F

commerce. Quand l'agriculture étoit en honneur, continue-t-on, il n'y avoit ni misère ni oisiveté : que l'on daigne donc nous apprendre les causes de ces émigrations si fréquentes dans les temps anciens, & dont on ne voit plus d'exemples de nos jours. D'ailleurs si l'agriculture peut suffire à la subsistance des habitans dans certains pays, elle ne le peut pas de même partout : de là vient que beaucoup de Peuples privés de la ressource du Commerce & des Arts sont obligés de vivre de pillage : la Hollande ce pays si puissant & si heureux, que seroit-il sans elle ? la retraite d'un Peuple de brigands, ou peut-être l'asyle de quelques pêcheurs.

On ajoute que le luxe nourrit cent pauvres dans nos Villes, mais qu'il en fait périr cent mille dans nos Campagnes. Le luxe est si peu la cause de la misère de la campagne, que le Paysan n'est nulle part plus riche qu'au voisinage des grandes Villes, de même que sa pauvreté n'est jamais plus grande que là où il en est le plus éloigné. Que le luxe augmente

ou diminue , que lui importe ? l'ufage
de la dentelle & de la foie difpenfe-
t-il de manger du pain & de le payer ?
les productions de la terre en font-
elles moins nos premiers & nos plus
indifpenfables alimens ? peuvent-
elles jamais perdre leur valeur pro-
portionnelle avec le prix de l'or &
de l'argent , & celui des productions
des Arts. (*)

PLUSIEURS conditions nouvelles
fe font élevées par le commerce &
l'induftrie , mais l'agriculture n'y a
rien perdu , & n'y pouvoit rien
perdre : on regrette fans ceffe le
temps où elle étoit en honneur ; mais
quel étoit ce temps ? dans la Gréce ,
à Sparte même , elle n'a jamais été
exercée que par des Efclaves; à Rome
on ne tarda pas à fuivre cet exemple. Que nous oppofe-t-on donc ?
apparemment les fiécles fabuleux du
commencement du monde : parmi

(*) Il eft donc abfo-
lument faux que l'ar-
gent qui circule entre les
mains des Riches & des
Artiftes , foit perdu ,
comme on le prétend , pour la fubfiftance du
Laboureur; & que celui-
ci n'ait point d'habit
précifément parce qu'il
faut du galon aux au-
tres.

nous au contraire , fi on la confidére d'un œil philofophique , elle eſt peut-être l'état le plus libre & le plus indépendant de la Nation , & le feul à l'abri des viciſſitudes de la fortune ; fi elle a quelque chofe à craindre , c'eſt uniquement de l'excès des impoſitions. (*)

IL y a de la pauvreté dans notre conſtitution actuelle , mais il y en avoit plus encore , comme je l'ai prouvé, dans les fociétés anciennes ; on en peut dire autant de toutes celles qui n'ont point nos arts ni notre luxe : d'ailleurs il eſt néceſſaire qu'il y ait des pauvres dans toute efpèce

P. 83.

(*) On s'écrie : *il faut des jus dans nos cuifines , voilà pourquoi tant de malades manquent de bouillon ; il faut des liqueurs fur nos tables , voilà pourquoi le Payſan ne boit que de l'eau ; il faut de la poudre à nos perruques , voilà pourquoi tant de pauvres n'ont point de pain.*

Pour que ces objections euſſent la force qu'on veut leur donner , il faudroit prouver que les jus, les liqueurs, & la poudre , caufent une difette réelle des chofes dont elles font compofées ; mais fi au contraire la confommation qu'elles occafionnent, n'a aucune proportion avec l'effet qu'on lui attribue, fi le vin, le bled, & le bétail ne manquent point , on doit avouer que ces prétendues caufes font abfolument imaginaires.

de Société, parce que le travail en est l'ame, & que le besoin seul peut y forcer la multitude : le travail, il est vrai, doit fournir à la subsistance de l'homme ; mais s'il n'y suffit pas, à qui doit-on s'en prendre ? est-ce à la richesse ? quoi de plus absurde ? qui peut donner & qui donne en effet de meilleurs salaires qu'elle ? plus il y a de luxe, c'est-à-dire plus le superflu est acheté chérement, plus il est impossible que le nécessaire soit au dessous de son prix.

Dans l'ancienne égalité au contraire, la pauvreté étoit sans ressource ; ceux qui avoient été forcés de contracter des dettes étoient dans une impuissance absolue de les acquitter, n'y ayant alors ni Commerce ni Arts qui pûssent rétablir leur fortune, & les Riches ne l'étant pas assez pour remettre généreusement ce qui leur étoit dû : il s'ensuivoit des violences atroces contre les débiteurs : employés par leurs créanciers aux travaux les plus durs, on leur mettoit les fers aux pieds, on les attachoit au carcan, on leur déchiroit le corps à coups de verges ; une Loi des douze Tables les condamnoit à être vendus comme efclaves, ou à perdre la tête ; on peut lire dans Denys d'Halicarnaffe le Difcours de Sicinnius à ce fujet ; la retraite du Peuple Romain fur le Mont-Sacré n'eut pas d'autres motifs que ces affreufes duretés.

Si l'on confidére la totalité d'une Nation , les richeffes exceffives & leurs abus font très-rares ; il eft donc aifé d'y remédier; des vices qui n'apartiennent qu'à un petit nombre ne peuvent allarmer , fur tout fi ce petit nombre eft envié & fi tout le refte confpire avec empreffement à lui impofer un frein. Il n'en étoit pas de même de la pauvreté des Anciens , elle étoit univerfelle ; elle produifit un vice général & le plus grand de tous , la paffion de la guerre. Le premier bien que les richeffes aient fait aux hommes a été de leur infpirer l'amour de la paix ; les Nations les plus commerçantes font les plus pacifiques : le courage qui fe défend eft la plus grande des vertus ; le courage qui attaque, le plus grand des crimes ; faute d'avoir connu cette différence, les Anciens les couronnoient l'un & l'autre du même laurier ; n'ayant que du fang à perdre, & placés entre la misère & la gloire, il n'eft pas furprenant qu'ils fe paffionnaffent pour celle-ci, & que cette paffion les portât à tout ; mais depuis que les Nations modernes ont connu le bonheur, elles ne refpirent que la paix qui en eft l'unique foutien, & ne fe combattent qu'en gémiffant : le fanatifme de la gloire n'exifte plus que chez quelques Rois ; tous les Peuples en font guéris.

NE nous étonnons point au refte des préjugés de toute l'antiquité contre les richeffes ; elles étoient effentiellement condamnables, puifqu'elles étoient contraires à la Conftitution & aux Loix des petits Etats anciens, & plus encore parce qu'il n'y avoit alors aucune voie légitime pour en acquerir : le pillage des vaincus, les vexations des Alliés & des Sujets étoient la feule fource des richeffes chez les Romains ; ceux qui

avoient rendu les plus grands servi-
ces n'exerçant aucun Commerce &
ne recevant de l'Etat ni pensions ni
gratifications , il étoit presque impossible que de grandes fortunes fussent innocentes.

MAIS nous qu'un meilleur Destin
a placés dans des temps plus heureux,
adopterons-nous de pareils préjugés ?
croirons-nous qu'il soit impossible
d'être vertueux sans être misérable ?
la vertu est-elle donc de sa nature un
effort violent & cruel ? doit-elle s'effrayer du bonheur , & le repousser
sans cesse ?

SI la vertu consiste en effet dans
p. 127. une privation absolue , si *tout est précisément source de mal au de-là du nécessaire physique* , comme on veut nous
l'assurer , pourquoi cette profusion
immense de biens que la sagesse divine
présente si libéralement à nos besoins,
& même à nos plaisirs ? Quoi ! ces
innombrables bienfaits seroient autant de sollicitations au vice & au
crime ? la Nature entière ne seroit
qu'un piége ?

NON : l'Univers n'est point un vain spectacle pour nous ; il est formé pour notre conservation & notre bonheur , pour nous servir , & nous plaire : nous jouissons sans effort de la beauté de la nature , de l'éclat du jour , & du calme de la nuit , de la fraîcheur des bois & des eaux , de la douceur des fruits & du parfum des fleurs , tant nos plaisirs ont été chers à l'Etre suprême ! tandis que nos besoins sont obligés d'ouvrir la terre pour en tirer un aliment indispensable, & de chercher jusques dans ses entrailles le fer nécessaire pour la cultiver : chaque Contrée a des productions qui lui sont propres , une infinité de choses très-utiles sont dispersées dans les diverses Régions, pour les réünir par la nécessité des échanges ; c'est que l'industrie , le commerce , la navigation , tous ces Arts si coupables aux yeux de l'ignorance ou de l'humeur, sont entrés dans les vues de la création : les besoins des hommes sont leurs liens , la nature les a multipliés exprès comme autant de motifs d'union : les nœuds les plus sacrés n'ont pas d'autre source ; ceux de Père & de Fils font fondés principalement fur les befoins de l'enfance & de la vieilleffe : vouloir détruire nos befoins par une privation abfolue , c'eft outrager l'Etre fuprême , & rendre les hommes à la fois miférables & barbares.

SANS doute les richeffes ont fait naître de nouveaux vices , mais combien en ont-elles profcrits d'anciens ? combien ont-elles produit de vertus inconnues à la Pauvreté antique ? qu'on life dans l'Hiftoire Romaine la comparaifon de Tuberon & de Scipion Emilien ; l'un fidélement attaché à la pauvreté qu'il avoit héritée de fes pères fe diftinguoit par fa frugalité & fa tempérance inviolable ; l'autre n'étoit pas moins recommendable par le noble ufage qu'il faifoit de fes immenfes richeffes ; le premier toujours admiré, le fecond adoré & chéri , tous deux avec une vertu égale ; Tuberon inflexible & févère avoit la gloire de méprifer le bonheur , Scipion généreux & compatiffant goûtoit la volupté de faire des heureux.

La Philofophie a un ordre de vertus qui lui font propres , & qui ne
fçauroient être celles de la multitude : les vertus dures fuppofent une
infpiration particulière ; il eſt bon
qu'elles fe trouvent pour la montre
& l'exemple dans quelques ames pri-
vilégiées , mais elles ne font pas faites pour la totalité des hommes ; elles
fe communiquent difficilement , & ne
peuvent fe conferver qu'à force d'i-
gnorance , état dont il faut abfolument fortir tôt ou tard ; toutes chofes d'ailleurs égales , la vertu , qui
fe fait aimer , doit avoir l'avantage ;
il faudroit , s'il étoit poffible , qu'elle
en vînt jufqu'à féduire.

Je termine enfin cette longue di-
greffion fur la corruption & la vertu ; je paffe à la juſtification des
Sciences & des Arts contre les nouvelles accufations qu'on leur a inten-
tées ; je confidére la Science en elle-
même ; fon objet eſt de connoître la
vérité , fon occupation de la chercher , fon caractère de l'aimer , fes
moyens enfin font de fe défaire de
fes paffions , de fuir la diffipation &

l'oifiveté. Parmi les objets qu'elle fe
propofe, les uns font néceffaires &
les autres utiles : la Métaphyfique,
la Morale, la Jurifprudence, la Politique font de première néceffité :
fans elles l'homme n'eft que le plus
miférable & le plus dangereux de
tous les animaux ; c'eft à elles uniquement qu'il doit la connoiffance
de fon être & de fes rapports, la
jufteffe de fes idées, la rectitude de
fes fentimens, tous les principes &
toutes les douceurs de la fociété :
l'Hiftoire nous offre le recueil des
expériences fur lefquelles ces premières Sciences font fondées ; tous
les Arts qui fervent à la faire connoître, participent de fon utilité : la
Phyfique vient enfuite, la connoiffance des élémens & des propriétés
de tous les corps, qui ont ou peuvent
avoir quelque rapport avec nous,
l'Anatomie, l'Aftronomie, la Bota-
nique, la Chymie nous fourniffent
mille découvertes d'une utilité infi-
nie ; on en peut dire autant de toutes les parties des Mathématiques ; la
méthode de la Géométrie eft le flambeau même de la vérité, elle répand

fa lumière fur toute la Phyfique &
fur tous les Arts ; la Grammaire , la
Logique , & la Rhétorique enfin qui
font les inftrumens néceffaires de
toutes nos connoiffances & de leur
communication , ont éclairci & fixé
les notions vagues qui flottoient dans
les efprits , affermi & guidé nos jugemens , & par la chaîne combinée des
idées ont porté la certitude & l'évidence dans des queftions qui échap-
poient même à nos conjectures.

QUELLE fatire oferoit verfer fon
venin fur ce digne emploi de nos facultés ? où trouve-t-on dans tous ces
objets la fource de cette corruption
tant reprochée ? Comment ofe-t-on
dire *que la vanité & l'oifiveté qui ont* p. 70.
engendré le luxe , ont auffi engendré
nos Sciences , & que ces chofes fe tien-
nent affez fidelle compagnie, parce qu'el-
les font l'ouvrage des mêmes vices ?
Quoi ! tous les Philofophes moraux ,
tous les Légiflateurs , ces Spécula-
teurs fi profonds , fi appliqués & fi
fublimes , n'étoient que des hommes
vains & oififs ? Quoi ! leurs Précep-
tes , leurs Loix , & leurs exemples

n'étoient que l'ouvrage de leurs vices?
Qu'appellera-t-on du nom de vertu?
Ainsi tout genre de travail sera né de
l'oisiveté, parce qu'il a fallu se réser-
ver le temps de s'y appliquer , & ac-
cusé de vanité , par là même qu'il est
digne de louange.

Loin de ces chimères je trouve
au contraire que toutes les Sciences
font autant de remédes contre les
vices politiques , moraux & physi-
ques qui assiégent notre existence :
on avoit besoin de pain , & on cul-
tiva la terre ; on eut de même besoin de mœurs & de Loix, on inventa
la Politique & la Morale ; de nos
besoins corporels , de nos maladies
& de nos infirmités , nâquit l'étude
de la Physique ; il falloit démontrer ,
persuader la vérité & détruire les
sophismes de l'erreur , on perfection-
na l'Art de la parole & celui du rai-
sonnement : l'origine des Sciences
n'a donc rien que de pur & d'utile ;
vouloir leur en supposer une autre ,
c'est fermer les yeux à la vérité &
à la lumière.

QUE l'on nous montre donc en fin quels genres de corruption naiffent des Sciences ; eft-ce la férocité & la violence des Nations fauvages ? mais leur effet le plus néceffaire eft l'adouciffement des mœurs. Eft-ce cet efprit de guerre & d'ambition qui a fait des Peuples illuftres de l'antiquité les fleaux de l'Univers ? elles ne refpirent que l'union & la paix. Dira-t-on qu'elles font la fource de la cupidité ? mais la route qu'elles tiennent eft diamétralement oppofée à celle de la fortune & de la grandeur. Infpirent-elles l'amour du plaifir ? elles font prefque inaffociables avec lui.

MAIS, nous dit-on, *les vices des* p. 67. *hommes vulgaires empoifonnent les plus fublimes connoiffances & les rendent pernicieufes aux Nations ;* fans doute, les paffions corrompent les chofes les plus pures ; elles abufent de la Religion, faut-il pour cela la détruire ? faut-il lui imputer leurs crimes ? & moi, je dis ; fi les plus fublimes connoiffances ne font pas à l'abri de leurs coups, comment l'ignorance pourra-t-elle s'en préferver ? fi le vice perce à travers le bouclier de la Philofophie, quel fera fon triomphe fur l'ignorant defarmé ! s'il abufe de la vérité, quel abus monftrueux fera-t-il des erreurs & des préjugés ! nous en avons vu les terribles exemples chez les Nations fauvages. (*)

IL eft vrai qu'il y a des Sciences & des Arts qui ne naiffent ou ne fe perfectionnent que par la puiffance, les richeffes & la profpérité ; ces Arts peuvent être contemporains des vices, mais ils n'en font point la fource ; les mœurs corrompent quelquefois les Sciences & les Lettres, qui ne fe fauvent pas toujours de la corruption, mais qui en font fouvent le reméde.

PLUS on examine la nature de la Science, fes objets & fes moyens,

P. 92.

(*) On convient cependant *qu'il eft bon qu'il y ait des Philofophes, pourvu que le Peuple ne fe mêle pas de l'être :* mais à qui en veut-t-on? Où eft-ce que le Peuple fe mêle de Philofophie ? dans l'inégalité actuelle des fociétés, il lui eft plus impoffible que jamais d'avoir ce défaut, fi c'en eft un.

plus

plus on voit que de toutes les chofes humaines, elle eft abfolument celle
qui a le moins d'affinité avec les vices:
l'amour de la vérité quand il eft extrême, eft le deftructeur des paffions ;
lorfqu'il eft modéré, il en eft du moins
une diverfion : Syracufe retentit des
gémiffemens des vaincus , & des
cris barbares des vainqueurs : Archi-
mede feul eft tranquille ; il n'entend
que la voix de la vérité ; fon corps
eft frappé du coup mortel , fon ame
étoit déja dans les Cieux.

Les premiers Sçavans furent des
Dieux , dans la fuite on les appella
des Sages ; plus on étoit voifin de
l'ignorance, plus on en avoit connu
les vices , plus on fentoit le prix
des bienfaits de la Science ; à mefure
que les communications littéraires
font devenues plus étendues & plus
faciles, on a pu acquerir de la Science
fans en avoir l'amour ; par conféquent elle n'a pas toujours été un
reméde affuré contre les paffions ;
mais en multipliant à l'infini fes Sectateurs, elle s'eft toujours réfervé un
nombre de favoris dignes d'elle ; elle

a donné toutes les vertus à ses élus, & en a du moins répandu sur le reste de ses disciples quelques rayons qu'ils n'auroient point connus sans elle.

p. 67. ON ajoute *que c'est une folie de prétendre que les chimères de la Philosophie, les erreurs & les mensonges des Philosophes puissent jamais être bons à rien ; on demande si nous serons toujours dupes des mots, & si nous ne comprendrons jamais qu'Etudes, Connoissances, Sçavoir, & Philosophie, ne sont que de vains simulacres élevés par l'orgueil humain & très-indignes des noms pompeux qu'il leur donne.*

DOIS-JE encore répondre à une accusation aussi injuste? la plus légère attention ne suffit-elle pas, pour voir que parmi tout ce qu'on appelle Sciences, il n'y en a aucune qui n'ait fait plus ou moins de découvertes, détruit plus ou moins d'erreurs, & aporté de très-grandes utilités ? vouloir le nier, n'est-ce pas attaquer l'évidence même ?

LES Philosophes, il est vrai, sont

tombés dans des erreurs : mais avant
eux qu'y avoit-il autre chofe que des
erreurs dans le monde ? l'ignorance
n'avoit - elle pas les fiennes plus ridicules cent fois ? avant que des Philofophes euffent écrit fur les Aftres,
les Cieux, les Cométes, la nature
des ames, & leur état après cette
vie, quelles abfurdités n'avoit - on
pas imaginées ? des Nations entières
avoient-elles attendu le fyftême mal
interprété d'Epicure, pour chercher le bonheur dans la volupté des
fens ? les idées les plus monftrueu-
fes fur la nature divine n'avoient-
elles pas précédé de bien loin tous
les fyftêmes ?

Si l'ignorance pouvoit s'abftenir
de juger, elle feroit fans doute moins
méprifable & moins dangereufe ;
malheureufement l'efprit humain ne
peut être fans action ; il faut qu'il
ait des opinions bonnes ou mauvaifes, il faut qu'il ait des préjugés s'il
n'a pas des connoiffances, & des fuperftitions au défaut de Religion ;
j'en appelle à tous les Peuples barbares qui exiftent de nos jours.

Les erreurs groſſières de l'ignoꞵ
rance furent d'abord remplacées par
celles de la Philoſophie, qui l'étoient
moins ; une nuit profonde couvroit
la route de la vérité, il fallut marcher dans ces ténébres épaiſſies pendant tant de ſiécles ; le flambeau de
la raiſon s'éteignoit à chaque pas,
il fallut s'égarer long-temps, & ce
n'étoit en effet qu'à force de s'égarer
qu'on pouvoit trouver le vrai che-
min : ſans doute un grand nombre
d'opinions anciennes ſont abandon-
nées, c'eſt la preuve même de nos
progrès ; mais l'Hiſtoire des nau-
frages ſeroit-elle inutile à la navigation ? Ne mépriſons pas l'hiſtoire de
nos erreurs, marquons tous les
écueils où ont échoué nos pères pour
apprendre à les éviter ; leurs mépri-
ſes même nous enſeignent le prix de
la Science, qui veut être achetée par
tant de travaux : gardons-nous ſur-
tout de juger ce que nous ne ſçavons
pas par le peu que nous ſçavons ; ce
qui ne ſemble que curieux, peut devenir utile ; ce qui ne paroît qu'une
terre groſſière au premier coup d'œil,
cache quelquefois l'or le plus pur.

N'allons pas nous infatuer de notre
fiécle , comme l'ont fait fottement
tant de générations , & juger d'avan-
ce fur nos petits fuccès les fiécles innombrables qui germent dans le fein
de la nature ; en conféquence de
l'inutilité de la Philofophie péripa-
téticienne pendant une fi longue
fuite d'années , n'auroit-on pas pu
fe croire fondé à condamner l'étude
de la Phyfique ? Il eft pourtant vrai
qu'on fe feroit trompé ; l'erreur eft
la compagne inféparable de l'ignorance , & elle n'eft chez les Philofophes que par hazard & pour un temps;
la Philofophie trouve dans fes principes de quoi s'en guérir , tandis que
l'ignorance eft par fa nature même
éternellement incurable. (*)

(*) Que l'on s'écrie
p. 81. que *les Sciences entre
les mains des hommes
font des armes données*
p. 81. *à des furieux ; qu'il
vaut mieux reffembler
à une brebis qu'à un*
117. *mauvais Ange ; qu'on
aime mieux voir les
hommes brouter l'herbe
dans les champs que
s'entre-dévorer dans les
villes :* ces antithéfes,
ces comparaifons élo-
quentes , prouveront
tout au plus la perfua-
fion de l'Auteur , &
nullement la queftion
même : paffer rapide-
ment d'un extrême à
l'autre , fans daigner
appercevoir les mi-
lieux qui les féparent,
c'eft ne voir que des
vices & des erreurs,
c'eft anéantir à la fois
la vérité & la vertu.

J'ai avancé que *les*

IL y a, dit-on, *une forte d'igno-*
rance raifonnable, qui confifte à borner

bons Livres étoient la
feule défenfe des efprits
foibles, c'eft-à-dire des
trois quarts des hom-
mes, contre la conta-
p. 121. gion de l'exemple : que
répond-on? 1°. Que les
Sçavans ne feront ja-
mais autant de bons
Livres qu'ils donnent
de mauvais exemples :
c'eft ainfi que l'on dé-
chire d'un trait, non
feulement tous les gens
de Lettres qui forment
nos Académies, non
moins attentives aux
mœurs qu'à la Science,
mais encore tant de
Miniftres de la Reli-
gion, tant d'hommes
confacrés à la vie la
plus auftère, qui com-
pofent affurément la
plus grande partie de
nos Sçavans : heureufe-
ment notre adverfaire
ne cherche qu'à étonner
par la vigueur de fes
affertions; s'il eût vou-
lu démontrer celle-ci,
il eût été certaine-
ment dans un grand
embarras.

p. 121. Il ajoute *en fecond*
lieu, qu'il y aura tou-
jours plus de mauvais
Livres que de bons.
S'il entend par mau-

vais Livres, des Livres
contraires aux mœurs,
fa propofition eft évi-
demment infoutena-
ble; s'il prétend par-
ler des Livres inutiles,
elle ne devient pas plus
vraie; s'il qualifie ainfi
les Livres mal faits, je
lui répondrai que ces
Livres, dès qu'il en-
feignent quelque cho-
fe, font bons, jufqu'à-
ce qu'il y en ait de
meilleurs fur la même
matière; l'ufage feu-
lement autorife enfuite
à les appeller mau-
vais par comparaifon,
fans qu'ils foient pour
cela précifément mau-
vais en eux - mêmes :
d'ailleurs il faut faire
attention qu'il ne s'a-
git ici que des Livres
faits par des Sçavans,
& qu'ainfi il n'y eft
nullement queftion des
ouvrages purement fri-
voles.

Enfin on m'oppofe p. 12
que les meilleurs gui-
des que les honnêtes
gens puiffent avoir font
la Raifon & la Conf-
cience; quant à ceux
qui ont l'efprit louche
ou la confcience endur-
cie, la lecture, dit-on,

sa curiosité à l'étendue des facultés qu'on a reçues ; une ignorance modeste , qui

ne peut jamais leur être bonne à rien.

On remarquera que dans toute cette Réponse il n'y a pas un mot des *esprits foibles* dont j'avois parlé; ainsi avec les plus belles divisions du monde , on ne touche seulement pas à la question ; on suppose que tous les individus qui composent le genre humain ont naturellement de la probité, ou de l'endurcissement, ou même l'esprit de travers , sans que rien puisse perfectionner leurs vertus ou rectifier leurs mauvais penchants ; supposition qui se réfute si bien d'elle-même , que je me crois parfaitement dispensé de l'attaquer.

p. 89, Par une suite de ces mêmes principes on nous assure *que la Philosophie de l'Ame , qui conduit à la véritable gloire , ne s'apprend point dans les Livres ,* p.121. *& qu'enfin il n'y a de Livres nécessaires que ceux de la Religion.*

Ce système pourroit peut-être éblouir s'il étoit neuf; mais comme c'est précisément celui du Calife qui brûla la Bibliothéque d'Alexandrie , & qu'il est demeuré depuis sans Sectateurs , il y a lieu de douter qu'il ait aujourd'hui une meilleure fortune : que notre Adversaire me permette seulement de lui demander comment s'apprend donc cette Philosophie dont il parle : seroit - ce par instinct ou bien par une inspiration surnaturelle? il le faut bien, selon lui ; car si on pouvoit l'acquerir par la voie de l'exemple , de l'instruction , de la réflexion , ou de la comparaison , je ne vois pas pourquoi la communication de toutes ces choses ne pourroit pas se faire par les Livres , & pourquoi les connoissances & les principes qu'un homme transmet à un autre en présence & de vive voix, ne pourroient pas être confiés à l'écriture.

On dit ailleurs *que la plûpart de nos tra-* p. 81a

naît d'un vif amour pour la vertu &
n'infpire qu'indifference pour toutes les

vaux font auffi ridicu-
les que ceux d'un hom-
me qui bien fûr de fui-
vre la ligne d'aplomb
voudroit mener un
puits jufqu'au centre
de la terre : que répon-
dre à cela? irai-je com-
biner les divers degrés
de poffibilité ou d'im-
poffibilité des deux
termes de cette com-
paraifon ? mais quand
je l'aurai fait, on me
répondra par une com-
paraifon nouvelle ; &
ce fera toujours à re-
commencer ; car en
fait de raifonnemens
on peut voir la fin d'u-
ne queftion, mais la
fource des comparai-
fons eft intariffable ,
& même plus elles font
abfurdes , plus il eft
difficile d'y répondre :
c'eft ainfi que cet hom-
me que l'on avoit ap-
pellé *Porte d'enfer* étoit
très - embarraffé à fe
juftifier, car comment
prouver qu'on n'eft pas
porte d'enfer ?

J'ai appellé l'igno-
rance *un état de crain-*
te & de befoin, & j'ai
prétendu *que dans cet*
état il n'y avoit point
de difpofition plus rai-

fonnable que celle de
vouloir tout connoître :
on n'a point fait d'at-
tention au mot *befoin*
qui étoit fans doute le
meilleur appui de mon
raifonnement , & on
a cherché à fe procu-
rer quelque avantage
en attaquant celui de
crainte tout feul : on
m'a oppofé *les inquié-*
tudes des Médecins & p. 118
des Anatomiftes fur leur
fanté ; mais 1º. quand
elles feroient auffi con-
tinuelles qu'on le pré-
tend , en eft-il moins
vrai qu'ils fe font gué-
ris par la Science, d'un
très-grand nombre de
terreurs imaginaires ?
il leur en feroit refté
de fondées & d'utiles ;
c'eft l'état de l'homme
apparemment ; il faut
croire que l'Auteur de
la Nature l'a voulu
ainfi : en fecond lieu,
quand même les crain-
tes des Anatomiftes
feroient augmentées
par la Science , ils
n'en deviendroient que
plus utiles au Genre-
humain , par les con-
noiffances que ces
craintes même les for-
ceroient d'acquerir;

chofes qui ne font point dignes de rem-
plir le cœur de l'homme & qui ne con-

un petit mal devien-
droit la fource d'un
grand bien , & y-a-t-il
des biens purs pour
l'homme ? On ajoute
que *la geniffe n'a pas*
befoin d'étudier la bo-
tanique pour trier fon
foin , & que le loup dé-
vore fa proie fans fon-
ger à l'indigeftion : tant
mieux pour la geniffe,
fi elle a la faculté de
diftinguer tout natu-
rellement par le goût
même, les alimens qui
lui font propres; à l'é-
gard des loups , nous
avons trop peu de
commerce avec eux
pour fçavoir fi leur in-
tempérance ne nuit
jamais à leur fanté, &
fi elle doit nous être
propofée pour modéle.
On demande fi pour
me défendre *je pren-*
drai le parti de l'inf-
tinct contre la raifon ?
Je ne ferois pas em-
barraffé à prendre un
parti s'il le falloit né-
ceffairement ; mais au-
paravant ne puis-je
point demander à mon
tour, fi nous devons
négliger de cultiver la
raifon que nous avons,
pour nous abandon-

ner à l'inftinct que
nous n'avons pas ?
J'ennuierois le Lec-
teur fi je voulois dé-
brouiller toutes les
chicanes que l'on m'op-
pofe dans les pages
123 , 124 , 125 : je ré-
pondrai fimplement
que je n'ai jamais pré-
tendu dire que Dieu
nous eût fait Philofo-
phes , mais qu'il nous
a fait tels que la def-
truction des erreurs ,
& la connoiffance de
la vérité font unique-
ment le prix de l'appli-
cation & du travail:
les premiers Philofo-
phes fe font trompés ;
leur exemple doit fer-
vir à nous corriger, non
point en ceffant de
philofopher , comme
on le prétend , puif-
que ce feroit nous re-
plonger pour jamais
dans les ténébres de
l'ignorance , mais en
évitant avec foin les
fauffes routes qui les
ont égarés ; & je ne
crains point d'avan-
cer malgré l'air de plai-
fanterie que l'on prend,
& qui n'eft point une
preuve, que nous avons
trouvé des méthodes

119.

119.

p. 124.

tribuent pas à le rendre meilleur ; une douce & précieuse ignorance, tréfor d'une

très-utiles pour la découverte de la vérité, dans la Logique & la Métaphyfique, & furtout en Phyfique & en Géométrie.

La page fuivante fuppofe éternellement ce qui eft en queftion, c'eft-à-dire que toutes les Sciences ne font qu'abus, & que tous les Sçavans font autant de Sophiftes; j'y ai cherché inutilement quelque forte de preuves : mais puifqu'on a tant de vénération pour Socrate, & qu'on l'appelle *l'honneur de l'humanité parce qu'il fut fçavant & vertueux*, pourquoi eft-il impoffible que d'autres hommes réüniffent ces deux qualités? Qu'on en faffe donc un Dieu, fi l'on prétend que nous ne puiffions pas l'imiter; s'il fut un homme, pourquoi des hommes ne pourroiétils pas atteindre à fa vertu? pourquoi feroient-il coupables ou fous en y afpirant? Socrate cenfuroit l'orgueil de ceux qui prétendoient tout fçavoir;

p. 66.

c'eft-à-dire, ajoutet-on, *l'orgueil de tous les Sçavans*: mais dans quel fiécle la défiance, le doute, l'efprit d'examen & de difcuffion, en un mot les principes même de Socrate ont-ils été plus en régne que de nos jours? qui pourroit nier la chofe la plus évidente?

p. 125.

Mais Socrate difoit lui-même qu'il ne fçavoit rien; donc il n'y a ni Sçiences ni Sçavans, il n'y a plus que de l'ignorance & de l'orgueil. Tout cela n'eft qu'une pure chicane : on a avoué ailleurs que Socrate étoit Sçavant, & il croyoit fans doute fçavoir quelque chofe, puifqu'il enfeignoit toute la jeuneffe d'Athènes; la modeftie qu'il affectoit fur fa Science n'étoit qu'une ironie contre les Sophiftes qui annonçoient qu'ils fçavoient tout, & on fçait que l'ironie étoit fa figure favorite; fi Socrate a été *fçavant & vertueux*, je puis donc le répéter, les Sciences n'ont donc

Ame pure & contente de foi, qui met
toute fa félicité à fe replier fur elle-
même, à fe rendre témoignage de fon
innocence, & n'a pas befoin de cher-
cher un faux & vain bonheur, dans
l'opinion que les autres pourroient avoir
de fes lumières : voilà l'ignorance,
dit-on, qu'on a louée, &c.

Nous la louerons fans doute
auffi, puifqu'on lui a donné les traits
de la vertu : je conviens qu'avec un
jugement droit & des inclinations
pures, on peut être très-vertueux,
fans être fçavant ; mais ce portrait
orné de tant de jolis mots eft celui
d'un homme & ne peut être celui
de tous ; cette rectitude de bon fens,
cette perfection de naturel font les
dons les plus rares de la Nature,
& ne fçauroient jamais appartenir
à la multitude.

Au refte ce magnifique portrait

pas leurs fources dans nées de l'orgueil, &
nos vices, elles ne c'eft ce qu'il s'agif-
font donc pas toutes foit de prouver.

porte fur trois fuppofitions fauffes ;
la première , que les facultés que
nous avons reçues de la Nature nous
interdifent l'efpoir de la Science ;
la feconde que l'amour de la vertu
eft incompatible avec l'amour de l'é-
tude; la troifiéme enfin, que les Sciences ne contribuent point à rendre
l'homme meilleur, & que l'objet principal des Philofophes eft d'infpirer
une grande opinion de leurs lumières.

Mais s'il eft vrai au contraire que
nous ayons des facultés propres à
connoître la vérité , fi les Sciences
contribuent à fortifier les vertus &
à les faire aimer , s'il eft faux que la
vanité foit leur principal objet , que
devient cette éloquente defcription ?
& ne ferois-je pas fondé à mon tour
à faire le portrait d'un homme vertueux en y joignant la Science ? avec
cette différence que dans la première
fuppofition on a peint une vertu fim-
ple & innocente , obfcurcie par des
préjugés nuifibles & honteux , & que
dans la feconde je peindrois une vertu
éclairée , forte & fublime , que la
Science même auroit inftruite ; qu'on

décide à préfent de quel côté feroit l'avantage.

COMME il a été impoffible de prouver que les Sciences contribuoient à notre corruption , on les accufe du moins de nous détourner de P. 117. l'exercice de la vertu. Ce reproche auroit pu avoir quelque fondement dans ces miférables fociétés où chacun travailloit fon jardin & fon champ ; en effet le peu de temps qui reftoit après les travaux de l'Agriculture n'étoit pas de trop fans doute pour les devoirs du fang & de l'humanité & pour l'éducation des enfans ; mais depuis qu'à la faveur de l'aggrandiffement des Etats , les Citoyens ont pu fe partager toutes les fonctions utiles à la Patrie & à la Société , depuis que les Malades font foignés & guéris , les Malheureux foulagés & prévenus , les Enfans inftruits par des gens qui en ont acquis par état les talens ou le droit , & qui s'en acquittent mieux que le refte des Citoyens ne pourroit le faire , il faut convenir que le nombre de ces occupations journalières de

la vertu eſt infiniment diminué , &
qu'on peut ſans crime ſe réſerver du
loiſir pour l'étude. (*)

C'EST la mauvaiſe conſtitution des
États anciens qui rendoit la pratique
de la vertu pénible & aſſujettiſſante ;
aujourd'hui la charité , l'humanité ,
les mœurs ont leurs Miniſtres & leurs
établiſſemens ; les Grands y contribuent par leur pouvoir , les Riches
par leurs libéralités , les pauvres par
leurs ſoins ; ce que la vertu a de
rebutant a été le partage volontaire
& a fait la gloire de certaines Ames
choiſies : le reſte de ſes devoirs diviſé
en pluſieurs parties a été rempli ſans
peine , & par cette ſage diſtribution
un plus grand effet a été produit avec

(*) J'ai prétendu
que l'éducation des
Perſes , que l'on vou-
loit nous faire regret-
ter , étoit fondée ſur
des principes barba-
res : on a fait ſur cet
article une réponſe
très judicieuſe , mais
dans laquelle on a ha-
bilement oublié cette
ridicule multiplicité
de Gouverneurs , l'un
pour la tempérance ,
l'autre pour le coura-
ge , un autre pour ap-
prendre à ne point
mentir , ſur laquelle
ma Critique étoit prin-
cipalement appuyée ;
ainſi il ſe trouve
qu'en faiſant une lon-
gue réponſe , on n'a
pourtant pas répondu.

p. 112.

beaucoup moins de forces ; nos
mœurs font d'autant plus parfaites ,
que les vertus s'y placent & y agif-
fent librement & fans effort , &
que confondues dans l'ordre commun elles n'ont pas même l'efpoir
d'être admirées.

L'Antiquité a célébré comme
un prodige les égards de Scipion
pour une jeune Princeffe que la Victoire avoit fait tomber entre fes
mains , & parce qu'il ne fut pas un
monftre de brutalité , on nous le
propofe encore comme un modéle
héroïque ; pour moi je ne fçaurois
admirer Scipion , à moins que je ne
méprife fon fiécle ; une action dont
le contraire feroit un crime , n'a pu
paroître merveilleufe que parmi des
mœurs barbares ; c'étoit un héroïfme alors , aujourd'hui nous n'y
voyons qu'un procédé.

p. 72.

Parce que nous avons des milliers de perfonnes de l'un & de l'autre fexe qui fe confacrent volontai-
rement à une chafteté furnaturelle ,
& qui fe font ôté jufqu'aux moyens

de manquer à leur ferment ; on en

p. 72. conclud *que la chasteté est devenue parmi nous une vertu basse , monacale & ridicule* ; mais ceux qui s'y dévouent ne font-ils plus partie de notre Nation ? la Religion qui conseille ces sacrifices , les Loix qui les autorisent , ne font-elles pas partie de nos mœurs ? cette dissolution audacieuse qu'on nous reproche & que je suis bien éloigné de défendre a-t-elle donc gagné tous les ordres de l'Etat ? N'est-il pas évident au contraire qu'elle n'existe que dans une petite portion de la société ? doit-on flétrir la Nation entière pour la corruption de quelques-uns de ses membres ? Il y a plus ; si je considère la totalité du Genre-humain , je vois des Peuples chez qui les femmes sont communes , une foule d'autres qui en rassemblent pour leurs plaisirs autant qu'ils peuvent en nourrir , le divorce permis dans toute l'antiquité parmi ces Nations qu'on admire tant ; l'union indissoluble de deux personnes est le plus haut point de la perfection naturelle , & nous l'avons adoptée : nous faisons partie du très-petit

petit nombre de Peuples qui ont mis cette haute perfection dans leurs Loix ; elle n'eſt pas ſans doute au même degré dans nos mœurs ; c'eſt que la foibleſſe humaine ne le permet pas ; plus la Loi eſt parfaite , plus elle eſt ſujette à être violée.

C'EST par une ſuite de cette même injuſtice qu'on oſe nous faire un crime de l'attention même que nous avons à purger le théatre d'expreſſions groſſières : *c'eſt*, dit-on , *parce* p. 69. *que nous avons l'imagination ſalie, que tout devient pour nous un ſujet de ſcandale :* faudra-t-il en conclurre auſſi, que ceux qui ſe plaiſoient aux obſcénités de Scarron & de Mont-Fleury avoient l'imagination pure ? ces conſéquences ſeroient à peu-près auſſi probables l'une que l'autre.

L'AUTEUR couronne ſa Satyre p. 75. par ce trait : *tous les Peuples barbares , ceux même qui ſont ſans vertu , honorent cependant toujours la vertu ; au lieu qu'à force de progrès , les Peuples ſçavans & philoſophes parviennent enfin à la tourner en ridicule & à la mé-*

H

prifer ; c'eft quand une Nation eft une fois à ce point , qu'on peut dire que la corruption eft au comble , & qu'il ne faut plus efpérer de remédes.

Si l'on juge de la fecónde Partie de cette propofition par la première , la réfutation n'en fera pas difficile : perfuadera-t-on en effet que l'humanité & le pardon des injures foient fort en honneur chez ces Peuples qui fe font un devoir & un mérite de manger leurs ennemis , que la chafteté , la pudeur & la modeftie foient bien honorées dans un ferrail , où le luxe de la volupté renferme autant de femmes qu'on en peut nourrir , ou parmi ces hommes qui font tout nuds & chez qui les femmes font communes ? La foumiffion aux Loix fera-t-elle révérée par des Peuples qui n'en ont point ? La Juftice , la Foi , la générofité infpireront - elles quelque refpeet à ces Nations errantes qui ne vivent que de brigandage? D'un autre côté , comment ofe-t-on imputer à une Nation d'être parvenue à tourner la vertu en ridicule & à la méprifer , tandis que fa Reli-

gion, son Gouvernement , ses Loix ,
ses établissemens , ses usages, le cri
public enfin , tout dépose, tout veille
en faveur de la vertu ? Combien
comptera-t-on d'hommes parmi nous
coupables d'un si criminel excès ?
est-il permis au zéle même d'exagé-
rer avec si peu de vraisemblance !

ENFIN, ou il faut soutenir que la
vertu est précisément dans l'instinct ,
qu'elle est fondée sur l'erreur & les
préjugés , qu'elle doit marcher en
aveugle & au hazard ; ou il faut
avouer que tout ce qui étend l'esprit
& éclaire la raison , que les Sciences en un mot sont ses guides , ses
soutiens, ses flambeaux : nos sentimens sont conduits par nos idées ; si
nous voyons mal , si nous ne voyons
pas tout, des notions fausses produi-
ront à la fois des préjugés & des passions : il n'y a qu'une vérité unique :
dans les idées elle est la Science ,
dans les mœurs elle est la Vertu ; la
plus haute Science mise en action,
seroit la Vertu la plus parfaite.

QUE l'on objecte les vices de
H ij

quelques Sçavans , qu'eſt - ce que cela fait à la queſtion ? prouvera-t-on jamais que les Sciences en ſoient la cauſe ou l'effet ? Le plus grand nombre des gens de Lettres a toujours été reſpectable par ſes mœurs, même parmi ceux qui habitent les Cours : malheureuſement tous les mauvais procédés qu'ils peuvent avoir ſont publics , au lieu que les noirceurs des autres claſſes demeurent enſevelies dans l'obſcurité. (*) Au reſte , que des connoiſſances imparfaites produiſent des Vertus qui le ſont auſſi ; il n'y a rien là que de conforme à mes principes : nos Sciences ſont au berceau , nous te-

(*) *Je ſuis ſûr* , dit M. Rouſſeau , *qu'il n'y a pas actuellement un Sçavant qui n'eſtime beaucoup plus l'éloquence de Ciceron que ſon zéle , & qui n'aimât infiniment mieux avoir compoſé les Catilinaires que d'avoir ſauvé ſon pays.*

C'eſt aſſurément un très-bon uſage pour n'être pas contredit dans une diſpute , que celui de donner ſes perſuaſions pour des preuves : quand je citerois tous nos Sçavans illuſtres , quand j'en appellerois à leurs ouvrages & à leurs mœurs, quand même ils certifieroient de leur propre main le contraire de ce qu'on leur impute , on ſeroit toujours en droit de me dire qu'on eſt ſûr : la queſtion eſt terminée par ce ſeul mot.

P. 93.

nons à la barbarie par mille côtés : n'avons-nous pas encore des haines de Nations, des Guerres, des Combats finguliers ? tant d'ignorance qui nous refte ne peut être fans beaucoup de vices.

A l'égard des Arts , j'avouerai qu'ils ne font pas à beaucoup près auffi irréprochables que les Sciences ; ils tiennent au plaifir , & le plaifir eft aifément fufpect ; mais leurs abus font-ils néceffaires ? c'eft ce que l'on n'a point prouvé & ce que l'on ne prouvera jamais ; que l'on en ait abufé fouvent , qu'on en eût même abufé toujours , il refteroit encore à démontrer qu'il eft impoffible de n'en pas abufer ; c'eft à quoi l'on ne parviendra point : rien de plus aifé à réprimer , par exemple , que les abus des Spectacles ; les Gouvernemens peuvent tout en cette partie , & ils pourront tout quand ils voudront fur ceux de l'Imprimerie. Pour abreger , je cite ces deux exemples comme les plus importans : on ne détruira jamais tous les vices, parce qu'il fau-

droit détruire les hommes, mais on
en affoiblira le nombre & la qualité, ils cefferont d'être publics &
tolérés, on les obligera à fe cacher
& à rougir, & la corruption n'exif-
tera plus.

Que les Arts au refte parent notre exiftence & nos befoins, qu'ils
nous ôtent cette vieille dureté de
moeurs qui a pu fe faire refpecter,
mais qui fe faifoit haïr ; que le monde
reçoive d'eux des couleurs riantes &
agréables, je ne vois là que des fu-
jets de reconnoiffance ; pour quelques qualités admirables que nous
aurons peut-être perdues, nous en
gagnerons cent aimables ; qu'importe ? les hommes ont befoin de s'aimer & non de s'admirer.

C'est ainfi qu'à mefure que les
Sciences & les Arts ont fait plus de
progrès, l'autorité eft devenue plus
puiffante à la fois & plus modérée,
& l'obéïffance plus fidéle ; les fubor-
dinations de toute efpéce ont été
adoucies ; l'humanité n'a plus borné
fes devoirs dans le fein d'une Ville

ou d'une Nation , elle eſt devenue
univerſelle ; les miſères & les crimes
de la guerre ont été infiniment dimi-
nués ; le droit des gens a étendu ſes
limites , & affermi ſes principes ; la
politique a été purgée de ces crimes
d'état ſi fréquens autrefois , & que
l'ignorance regardoit comme néceſſaires ; l'émulation enfin a établi entre tous les Peuples un échange &
un commerce nouveau de leurs bonnes qualités , de leurs talens & de
leurs connoiſſances.

LES Vertus civiles n'ont pas fait
moins de progrès : elles ont acquis
de l'élévation & de la délicateſſe ;
une habitude de bienveillance générale a embelli tous les devoirs & les
a rendus faciles ; la bonté a appris à
avoir des égards ; la pitié s'eſt offerte
avec reſpect ; la ſociété civile s'eſt
étendue , elle eſt devenue le plus
précieux des biens , elle a multiplié
les liens de l'honneur & du reſpect
humain en multipliant les rapports ;
toutes les paſſions ont été affoiblies ;
la bienſéance a eu des chaînes , &
la décence des graces ; les vertus ont
daigné plaire.   H iv

TELS font les biens que l'ignorance n'a pas connus & dont nous
jouiſſons : mais je dirai plus ; quand
toutes les hyperboles de nos Adverfaires feroient vraies , dès qu'une
fois les Sciences exiſtent , dès qu'il
eſt prouvé , comme il l'eſt en effet,
qu'elles ne peuvent pas ne pas exif-
ter , par le progrès néceſſaire des
choſes politiques , par nos befoins naturels , & par la nature même
de l'eſprit humain , nous devrions
abjurer une Satyre inutile , injurieuſe
à l'Auteur de notre être , uniquement propre à nous avilir , & plus
funeſte mille fois aux mœurs que les
vices qu'on nous ſuppoſe , par le
découragement où elle jetteroit toutes les Ames : il y auroit de la cruauté
à nous reprocher la grandeur de nos
maux , en traitant de fou quiconque
entreprendroit de les guérir ; l'humanité doit indiquer les remédes en
même-temps que le mal.

P. 128.

J'AI fait voir combien ces remédes étoient poſſibles & faciles ; en-
courager les connoiſſances utiles ,
veiller fur les abus des autres , voilà

notre devoir : la société la plus parfaite sera celle où les Sciences & les
Arts seront le plus cultivés sans nuire
aux mœurs , à l'obéïssance , au courage , à tout ce qui sert à la cons-
titution de la Patrie , & à son bien-
être. (*)

(*) Ce Discours étoit fini , lorsque la Préface que M. Rousseau a mise à la tête de sa Comédie intitulée l'*Amant de lui-même*, est tombée entre mes mains : l'Auteur y re-léve très-bien quelques abus de la Philosophie & des Lettres , & je suis le premier à sous-crire à bien des égards à sa censure ; mais comme la plûpart de ces abus sont très-rares, que tous sont exa-gérés , & qu'il n'y en a aucuns qui soient universels ou nécessai-res , il s'ensuit seule-ment que pour être Philosophe ou Sça-vant , on n'est pas par là même nécessaire-ment exempt de tout vice & de toute passion, proposition que per-sonne n'a contestée & ne contestera jamais : toutes ces objections ont d'ailleurs été ré-futées , & prévenues dans le Discours qu'on vient de lire.

Quelques endroits de cette Préface me paroissent cependant mériter des observa-tions.

On nous dit par exemple , *que dans un Etat bien constitué tous les Citoyens sont si bien égaux que nul ne peut être préféré aux autres comme le plus sçavant, ni même comme le plus habile , mais tout au plus comme le meilleur; encore cette dernière distinction est-elle sou-vent dangereuse , car elle fait des fourbes & des hypocrites.*

Eh quoi ? pas la moindre distinction entre le Magistrat & le simple Citoyen , le Général & le Soldat , le Législateur & l'Ar-tisan ? Quoi ? toute vertu sera suspecte de fourberie ou d'hypocrifie, & doit par conféquent refter fans préférence ? Quoi ? tout ce qu'il y a d'eftimable au monde eft pour jamais anéanti d'un trait de plume ? le Genre-humain n'eft plus qu'un vil troupeau fans diftinction d'efprit, de raifon, de talens & de vertus même ? A la bonne-heure : mais qu'il me foit permis du moins de demander dans quels climats dans quels fiécles exifta jamais cet Etat bien conftitué, & fur quels fondemens on appuie fon exiftence, après qu'on en a détruit tous les refforts ?

Le goût des Lettres, de la Philofophie, & des beaux Arts anéantit l'amour de nos premiers devoirs, & de la véritable gloire: quand une fois les talens ont envahi les honneurs dûs à la vertu, chacun veut être agréable, & nul ne fe foucie d'être un homme de bien: de là naît encore cette autre inconféquence, qu'on ne récompenfe dans les hommes que les qualités qui ne dépendent pas d'eux: car nos talens naiffent avec nous, *nos vertus feules nous appartiennent.*

Voilà un endroit qui fera parfait, quand on aura prouvé feulement trois chofes: 1°. que l'amour de nos premiers devoirs & celui de la Philofophie font en contradiction ; 2°. qu'il eft impoffible d'être agréable & d'être homme de bien ; 3°. que partout où il y aura des récompenfes pour les talens, il ne peut plus y en avoir pour les vertus.

On ajoute : *le goût des Lettres, de la Philofophie & des beaux Arts amollit les corps & les ames ; le travail du Cabinet rend les hommes délicats, affoiblit leur tempérament, & l'ame garde difficilement fa vigueur quand le corps a perdu la fienne.*

On avoit toujours cru que l'extrême vigueur du corps nuifoit à celle de l'efprit ; mais apparemment on fuppofe ici le travail de l'étude pouffé jufqu'à la défaillance. Au refte, on ne peut pas mieux s'y prendre pour prouver qu'il n'y a point d'Ames plus foibles que celles des Philosophes : que pourroit-on opposer à cela ? tout au plus l'expérience.

L'Etude use la machine , épuise les esprits , détruit la force , énerve le courage , & cela seul montre assez qu'elle n'est pas faite pour nous ; c'est ainsi qu'on devient lâche & pusillanime , incapable de résister également à la peine & aux passions.

C'est donc l'application à l'étude qui nous rend incapables de vaincre les passions, c'est la force du corps qui nous met en état de leur résister : assurément ces Paradoxes ont au moins le mérite de la nouveauté.

On n'ignore pas quelle est la réputation des Gens de Lettres en fait de bravoure ; or rien n'est plus justement suspect que l'honneur d'un Poltron.

Il est vrai qu'on ne s'est point encore avisé de choisir des Grenadiers parmi des Académiciens ; mais il est à remarquer qu'on en use de même à l'égard des Magistrats & des Ministres de la Reli-

gion : en conclurra-t-on que tous ces gens-là sont sans honneur ? N'y auroit-il donc plus de vertu dans le sein paisible des Villes , & ne se trouveroit - elle que dans les Camps, les armes à la main, pour se baigner dans le sang des hommes ?

Plus loin je trouve ces mots : *c'est donc une chose bien merveilleuse que d'avoir mis les hommes dans l'impossibilité de vivre entr'eux sans se prévenir , se supplanter , se tromper , se trahir , se détruire mutuellement; il faut désormais se garder de nous laisser jamais voir tels que nous sommes ; car pour deux hommes dont les intérêts s'accordent , cent mille peut - être leur sont opposés , & il n'y a d'autre moyen pour réussir , que de tromper ou perdre tous ces gens-là.*

Voilà encore une proposition forte, bien capable d'en imposer à des Lecteurs foibles & inattentifs : il s'agit de la rendre vraie , & je dis: pour deux hommes dont les intérêts sont opposés, cent mille peut-être sont d'accord : en effet quelle multitude . d'intérêts communs n'avons-nous pas , comme Amis , comme Parens, comme Citoyens, comme Hommes ? sur la totalité du Genrehumain, de ma Nation, ou de ma Ville, combien rencontrerai - je d'intérêts oppofés? j'en vois , il eft vrai, dans la concurrence de la même profeffion , qui eft la fource la plus ordinaire des prétentions aux mêmes chofes ; là je conviens qu'on peut fe laiffer corrompre par la rivalité ; mais les trahifons , les violences , les noirceurs, arrivent-elles tout auffitôt ? les Loix , le refpect humain , l'honneur , la Religion , l'intérêt perfonnel attaché au foin de la réputation , font - ce toujours des contre - poids impuiffans contre les tentations de la cupidité ? quand on veut apprécier ces hyperboles énormes , on eft tout étonné de voir à quoi elles fe réduifent.

Il en eft de même de celles-ci : *il eft impoffible à celui qui n'a rien d'acquerir quelque*

chofe ; l'homme de bien n'a nul moyen de fortir de la misère ; les frippons font les plus honorés , & il faut néceffairement renoncer à la vertu pour devenir un honnête homme.

Que fuppofe-t-on ? que parmi nous il n'y a abfolument aucune voie honnête pour acquérir des richeffes ou de la confidération , ce qui eft fi manifeftement contraire à l'évidence qu'il feroit ridicule d'entreprendre feulement de le réfuter.

Je n'aurois pas même relevé des propofitions fi infoutenables, fi l'amour de mon fiécle & de ma Nation ne m'eût fait un devoir de repouffer les calomnies dont on veut les flétrir aux yeux de la poftérité ou des autres Peuples , près de qui notre filence eût pu paffer pour un aveu tacite des crimes qu'on nous impute.

Le beau portrait du Sauvage que l'on trace enfuite avec tant de complaifance , prouve très-bien qu'il n'a pas les vices de la Société, parce qu'en effet il ne peut pas les avoir , puifqu'il n'y vit pas ; mais par la même conféquence il eft évident auffi qu'il n'en a ni les vertus ni le bonheur ; il n'y a point de vertus , qui comme nous l'avons dit , ne fuppofent ou ne produifent l'union des hommes ; la vie fociale eft donc la fource ou l'effet néceffaire de toute vertu : la vie fauvage qui fuppofe la haine , le mépris , ou la défiance réciproque , eft un état qui dans un feul vice les comprend tous.

On décide encore, que *l'Homme eft né pour agir & penfer , & non pour réfléchir ; la réflexion ne fert qu'à le rendre malheureux , fans le rendre meilleur , &c.*

Répondrai-je férieufement à des conclufions qui marquent fi vifiblement l'extrémité où l'on eft réduit ? Prétendre que l'Homme doit *penfer* & ne doit pas *réfléchir* , c'eft dire à peu - près en termes équivalens qu'il doit *penfer* & *ne point penfer.* D'ailleurs qu'aurois-je à répondre ? On ne croit pas pouvoir faire le Procès aux Sciences fans profcrire en même-temps *toute réflexion* , c'eft-à-dire toute raifon & toute vertu , & fans détruire l'effence même de l'Ame ; affurément , c'eft m'accorder beaucoup plus que je n'aurois ofé fouhaiter.

Enfin on conclud *qu'on doit laiffer fubfifter & même entretenir avec foin les Académies , les Colléges , les Univerfités , les Bibliothéques , les Spectacles , & tous les autres amufemens qui peuvent faire diverfion à la méchanceté des Hommes , & les empêcher d'occuper leur oifiveté à des chofes plus dangereufes ,* &c.

On fent affez les avantages que je pourrois tirer de cette conféquence où on eft forcé , ainfi que des motifs qui y ont déterminé ; mais ce Difcours n'eft déja que trop long. Enfin nous fommes d'accord : il faut conferver & cultiver les Lettres , c'eft ce que j'avois dit , c'eft ce qu'on eft contraint d'avouer : quelques traits de Satyre de plus ou de moins font déformais toute la différence de nos sentimens à l'égard des Sciences : ce n'est pas la peine d'en parler davantage.

Au reste, ce n'est qu'à regret que je suis entré dans ces détails, que j'aurois sans doute omis, si je n'avois craint de trahir la justice de la cause que je défends : je prie mon Adversaire de se souvenir que lui-même m'en a donné l'exemple le premier : la force & la vivacité de ses Epigrammes ; son éloquence énergique qui sçait répandre le ton de la persuasion sur tout ce qu'il traite, ne m'ont permis de négliger aucuns des moyens que j'avois de me défendre, & de prévenir les Lecteurs contre les traits chargés d'une Satyre ingénieuse, utile si l'on sçait la renfermer dans de justes bornes, mais dangereuse pour qui voudroit en adopter tous les excès.

www.ingramcontent.com/pod-product-compliance
Lightning Source LLC
Chambersburg PA
CBHW060820250626
47162CB00005B/1881